Cover illustration: *Duc François VI de La Rochefoucauld, auteur des Maximes, gravure*
By PdeBardon (Own work), CC BY-SA 4.0, via Wikimedia Commons

ISBN: 978-2-9574048-2-7

François de La Rochefoucauld

THE MAXIMS

Translation by John William Willis-Bund and James Hain Friswell
Revised by Rebecca Hazell and Philippe Renaud

*P*ar Quatre Chemins

Of all the French epigrammatic writers, La Rochefoucauld (1613-1680) is at once the most widely known and the most distinguished. Voltaire said: "One of the works that most largely contributed to form the taste of the [French] nation, and to diffuse a spirit of justice and precision, is the collection of maxims by François, duc de La Rochefoucauld; though there is scarcely more than one truth running through the book—that 'self-love is the motive of everything'—yet, this thought is presented under so many varied aspects that it is nearly always striking." And Lord Chesterfield, in his letters to his son: "Till you come to know mankind by your own experience, I know no thing nor no man that can in the meantime bring you so well acquainted with them as La Rochefoucauld: his little book of *Maxims*, which I would advise you to look into, for some moments at least, every day of your life, is, I fear, too like and too exact a picture of human nature. I own it seems to degrade it, but yet my experience does not convince me that it degrades it unjustly."

The Maxims were first published in 1665, under the title *Reflections or sentences and moral maxims*; and the edition of 1678, the fifth, from which the text has been used for the present translation, was the last revised by the author and published in his lifetime (with maxims numbered 1 to 504). Maxims which appeared in previous editions and were suppressed by La Rochefoucauld can be found in the second part, entitled "Maxims withdrawn by the author", here numbered 505 to 583.

The French original of this bilingual edition was reviewed by Philippe Renaud. The English translation, originally by John William Willis-Bund and James Hain Friswell, has been thoroughly revised by Rebecca Hazell and Philippe Renaud.

Contents

Reflections or sentences and moral maxims 8

Maxims withdrawn by the author 112

Reflections or sentences and moral maxims

Our virtues are most frequently but vices disguised.

1   What we term virtue is often but an assortment of various deeds and interests which fortune, or our own industry, manage to arrange; and it is not always from valour or from chastity that men are brave and women chaste.

2   Self-love is the greatest of flatterers.

3   Whatever discoveries have been made in the realm of self-love, there remain many unexplored territories there.

4   Conceit is more cunning than the most cunning man in the world.

5   We have no more say in the duration of our passions than in that of our lives.

6   Passion often renders the most clever man a fool, and often renders the most foolish man clever.

Réflexions ou sentences et maximes morales

Nos vertus ne sont, le plus souvent, que des vices déguisés.

1. Ce que nous prenons pour des vertus n'est souvent qu'un assemblage de diverses actions et de divers intérêts que la fortune ou notre industrie savent arranger ; et ce n'est pas toujours par valeur et par chasteté que les hommes sont vaillants et que les femmes sont chastes.

2. L'amour-propre est le plus grand de tous les flatteurs.

3. Quelque découverte que l'on ait faite dans le pays de l'amour-propre, il y reste encore bien des terres inconnues.

4. L'amour-propre est plus habile que le plus habile homme du monde.

5. La durée de nos passions ne dépend pas plus de nous que la durée de notre vie.

6. La passion fait souvent un fou du plus habile homme, et rend souvent les plus sots habiles.

7   Great and striking actions which dazzle the eyes are represented by politicians as the effect of great designs, instead of which they are commonly caused by the temper and the passions. Thus the war between Augustus and Anthony, which is set down to the ambition they entertained of making themselves masters of the world, was probably but an effect of jealousy.

8   Passions are the only orators who always persuade. They are a natural art, the rules of which are infallible; and the simplest man with passion will be more persuasive than the most eloquent without.

9   Passions possess a certain injustice and self-interest which makes it dangerous to follow them, and in reality we should distrust them even when they appear most reasonable.

10   In the human heart there is a perpetual generation of passions; so that the overthrow of one is almost always the rise of another.

11   Passions often produce their opposites: avarice sometimes leads to prodigality, and prodigality to avarice; we are often resolute out of weakness and daring out of timidity.

12   Whatever care we take to conceal our passions under the appearances of piety and honour, they are always to be seen through these veils.

13   Our self-love endures more impatiently the condemnation of our tastes than of our opinions.

14   Men are not only prone to forget benefits and injuries; they even hate those who have obliged them, and cease to hate those who have injured them. The necessity of revenging an injury, or of recompensing a benefit, seems a constraint to which they are unwilling to submit.

7   Ces grandes et éclatantes actions qui éblouissent les yeux sont représentées par les politiques comme les effets des grands desseins, au lieu que ce sont d'ordinaire les effets de l'humeur et des passions. Ainsi la guerre d'Auguste et d'Antoine, qu'on rapporte à l'ambition qu'ils avaient de se rendre maîtres du monde, n'était peut-être qu'un effet de jalousie.

8   Les passions sont les seuls orateurs qui persuadent toujours. Elles sont comme un art de la nature dont les règles sont infaillibles ; et l'homme le plus simple qui a de la passion persuade mieux que le plus éloquent qui n'en a point.

9   Les passions ont une injustice et un propre intérêt qui fait qu'il est dangereux de les suivre, et qu'on s'en doit défier lors même qu'elles paraissent les plus raisonnables.

10 Il y a dans le cœur humain une génération perpétuelle de passions, en sorte que la ruine de l'une est presque toujours l'établissement d'une autre.

11 Les passions en engendrent souvent qui leur sont contraires. L'avarice produit quelquefois la prodigalité, et la prodigalité l'avarice ; on est souvent ferme par faiblesse, et audacieux par timidité.

12 Quelque soin que l'on prenne de couvrir ses passions par des apparences de piété et d'honneur, elles paraissent toujours au travers de ces voiles.

13 Notre amour-propre souffre plus impatiemment la condamnation de nos goûts que de nos opinions.

14 Les hommes ne sont pas seulement sujets à perdre le souvenir des bienfaits et des injures : ils haïssent même ceux qui les ont obligés, et cessent de haïr ceux qui leur ont fait des outrages. L'application à récompenser le bien, et à se venger du mal, leur paraît une servitude à laquelle ils ont peine de se soumettre.

15   The clemency of princes is often but strategy to win the affections of the people.

16   This clemency, which is regarded as a virtue, is sometimes practised out of vanity, sometimes out of laziness, often out of fear, and almost always out of all three combined.

17   The moderation of those who are happy arises from the calm which good fortune bestows upon their temper.

18   Moderation is caused by the fear of exciting the envy and contempt which those merit who are intoxicated with their good fortune; it is a vain display of our strength of mind; and, in short, the moderation of men at their greatest height is only a desire to appear greater than their fortune.

19   We have all sufficient strength to support the misfortunes of others.

20   The constancy of the wise is only the talent of concealing the agitation of their hearts.

21   Those who are condemned to death sometimes affect a steadiness and contempt for death which is only the fear of facing it; so that one may say that this steadiness and contempt are to their mind what the blindfold is to their eyes.

22   Philosophy triumphs easily over past ills and ills to come; but present ills triumph over it.

23   Few people know death. We endure it, ordinarily, not with resolution, but mindlessly and out of habit; and most men only die because they cannot avoid dying.

15 La clémence des princes n'est souvent qu'une politique pour gagner l'affection des peuples.

16 Cette clémence, dont on fait une vertu, se pratique tantôt par vanité, quelquefois par paresse, souvent par crainte, et presque toujours par tous les trois ensemble.

17 La modération des personnes heureuses vient du calme que la bonne fortune donne à leur humeur.

18 La modération est une crainte de tomber dans l'envie et dans le mépris que méritent ceux qui s'enivrent de leur bonheur ; c'est une vaine ostentation de la force de notre esprit ; et enfin la modération des hommes dans leur plus haute élévation est un désir de paraître plus grands que leur fortune.

19 Nous avons tous assez de force pour supporter les maux d'autrui.

20 La constance des sages n'est que l'art de renfermer leur agitation dans le cœur.

21 Ceux qu'on condamne au supplice affectent quelquefois une constance et un mépris de la mort qui n'est en effet que la crainte de l'envisager ; de sorte qu'on peut dire que cette constance et ce mépris sont à leur esprit ce que le bandeau est à leurs yeux.

22 La philosophie triomphe aisément des maux passés et des maux à venir ; mais les maux présents triomphent d'elle.

23 Peu de gens connaissent la mort : on ne la souffre pas ordinairement par résolution, mais par stupidité et par coutume ; et la plupart des hommes meurent parce qu'on ne peut s'empêcher de mourir.

24 When great men permit themselves to be disheartened by the continuance of misfortune, they show us that they were only sustained by ambition, and not by their soul; and that, apart from a great vanity, heroes are made like other men.

25 We need greater virtues to bear good than evil fortune.

26 Neither the sun nor death can be looked at without winking.

27 People are often proud of their passions, even the most criminal ones; envy, however, is a timid and shamefaced passion no one ever dare acknowledge.

28 Jealousy is, in a manner, just and reasonable, as it tends to preserve a good which belongs, or which we believe belongs, to us; envy, on the other hand, is a fury which cannot endure the happiness of others.

29 Our evil deeds do not attract to us so much persecution and hatred as our good qualities.

30 We have more strength than will, and it is often as an excuse that we imagine things are impossible.

31 If we had no faults, we would not take so much pleasure in noting those of others.

32 Jealousy feeds on doubts, and becomes a fury, or comes to an end, as soon as it passes from doubt to certainty.

33 Pride always finds compensations and loses nothing, even when it casts away vanity.

24	Lorsque les grands hommes se laissent abattre par la longueur de leurs infortunes, ils font voir qu'ils ne les soutenaient que par la force de leur ambition, et non par celle de leur âme, et qu'à une grande vanité près, les héros sont faits comme les autres hommes.

25	Il faut de plus grandes vertus pour soutenir la bonne fortune que la mauvaise.

26	Le soleil ni la mort ne se peuvent regarder fixement.

27	On fait souvent vanité des passions même les plus criminelles ; mais l'envie est une passion timide et honteuse que l'on n'ose jamais avouer.

28	La jalousie est, en quelque manière, juste et raisonnable, puisqu'elle ne tend qu'à conserver un bien qui nous appartient ou que nous croyons nous appartenir ; au lieu que l'envie est une fureur qui ne peut souffrir le bien des autres.

29	Le mal que nous faisons ne nous attire pas tant de persécution et de haine que nos bonnes qualités.

30	Nous avons plus de force que de volonté, et c'est souvent pour nous excuser à nous-mêmes que nous nous imaginons que les choses sont impossibles.

31	Si nous n'avions point de défauts, nous ne prendrions pas tant de plaisir à en remarquer dans les autres.

32	La jalousie se nourrit dans les doutes, et elle devient fureur, ou elle finit, sitôt qu'on passe du doute à la certitude.

33	L'orgueil se dédommage toujours et ne perd rien, lors même qu'il renonce à la vanité.

34   If we had no pride, we should not complain of it in other people.

35   Pride is much the same in all men, the only difference is the method and manner of showing it.

36   It would seem that nature, which has so wisely ordered the organs of our body for our happiness, has also given us pride to spare us the mortification of knowing our imperfections.

37   Pride has a larger part than goodness in our remonstrances with those who commit faults, and we reprove them not so much to correct as to persuade them that we ourselves are free from faults.

38   Our promises are made according to our hopes, and kept according to our fears.

39   Self-interest speaks all kinds of tongues, and plays all sorts of characters, even that of disinterestedness.

40   Self-interest blinds some men, but enlightens others.

41   Those who apply themselves too closely to little things often become incapable of great things.

42   We do not have enough strength to follow our reason all the way.

43   Man often believes himself leader when he is led; as his mind endeavours to reach one goal, his heart insensibly drags him towards another.

44   Strength and weakness of mind are misnomers; they are really only the good or bad arrangement of our bodily organs.

34   Si nous n'avions point d'orgueil, nous ne nous plaindrions pas de celui des autres.

35   L'orgueil est égal dans tous les hommes, et il n'y a de différence qu'aux moyens et à la manière de le mettre au jour.

36   Il semble que la nature, qui a si sagement disposé les organes de notre corps pour nous rendre heureux, nous ait aussi donné l'orgueil pour nous épargner la douleur de connaître nos imperfections.

37   L'orgueil a plus de part que la bonté aux remontrances que nous faisons à ceux qui commettent des fautes, et nous ne les reprenons pas tant pour les en corriger que pour leur persuader que nous en sommes exempts.

38   Nous promettons selon nos espérances, et nous tenons selon nos craintes.

39   L'intérêt parle toutes sortes de langues, et joue toutes sortes de personnages, même celui de désintéressé.

40   L'intérêt, qui aveugle les uns, fait la lumière des autres.

41   Ceux qui s'appliquent trop aux petites choses deviennent ordinairement incapables des grandes.

42   Nous n'avons pas assez de force pour suivre toute notre raison.

43   L'homme croit souvent se conduire lorsqu'il est conduit ; et, pendant que par son esprit il tend à un but, son cœur l'entraîne insensiblement à un autre.

44   La force et la faiblesse de l'esprit sont mal nommées ; elles ne sont, en effet, que la bonne ou la mauvaise disposition des organes du corps.

45   The caprice of our temper is even more whimsical than that of fortune.

46   The attachment or indifference which philosophers have shown to life is only the style of their self-love, about which we can no more complain than about the tastes of the palate or the choice of colours.

47   Our temper sets the price upon every gift that we receive from fortune.

48   Happiness is in one's taste, and not in the things themselves; we are happy from possessing what we like, not from possessing what others like.

49   We are never so happy or so unhappy as we suppose.

50   Those who think they have merit make it a point of honour to be unhappy, in order to persuade others and themselves that they are worthy to be the butt of fortune.

51   Nothing must so much diminish the satisfaction which we feel with ourselves as seeing that we disapprove at one time that which we approved at another.

52   Whatever differences may appear in our fortunes, there is nevertheless a certain balance of good and bad which renders them equal.

53   Whatever great advantages nature may give, it is not she alone, but fortune also, that makes the hero.

54   The contempt of riches in philosophers was only a hidden desire to avenge their merit upon the injustice of fortune, by despising the very goods of which fortune had deprived them; it was a secret to guard themselves against the degradation of poverty; it was a back way by which to arrive at that distinction which they could not gain by wealth.

45 Le caprice de notre humeur est encore plus bizarre que celui de la fortune.

46 L'attachement ou l'indifférence que les philosophes avaient pour la vie n'était qu'un goût de leur amour-propre, dont on ne doit non plus disputer que du goût de la langue ou du choix des couleurs.

47 Notre humeur met le prix à tout ce qui nous vient de la fortune.

48 La félicité est dans le goût, et non pas dans les choses ; et c'est par avoir ce qu'on aime qu'on est heureux, et non par avoir ce que les autres trouvent aimable.

49 On n'est jamais si heureux ni si malheureux qu'on s'imagine.

50 Ceux qui croient avoir du mérite se font un honneur d'être malheureux, pour persuader aux autres et à eux-mêmes qu'ils sont dignes d'être en butte à la fortune.

51 Rien ne doit tant diminuer la satisfaction que nous avons de nous-mêmes que de voir que nous désapprouvons dans un temps ce que nous approuvions dans un autre.

52 Quelque différence qui paraisse entre les fortunes, il y a néanmoins une certaine compensation de biens et de maux qui les rend égales.

53 Quelques grands avantages que la nature donne, ce n'est pas elle seule, mais la fortune avec elle, qui fait les héros.

54 Le mépris des richesses était dans les philosophes un désir caché de venger leur mérite de l'injustice de la fortune, par le mépris des mêmes biens dont elle les privait ; c'était un secret pour se garantir de l'avilissement de la pauvreté ; c'était un chemin détourné pour aller à la considération qu'ils ne pouvaient avoir par les richesses.

55   Hatred of favourites is but a love of favour. Resentment at not possessing it consoles and softens by disdain for those who possess it; and we refuse them our homage, since we cannot deprive them of what brings them the homage of others.

56   To establish ourselves in the world, we do everything to appear as if we were already established.

57   Although men flatter themselves with their great deeds, these are not so often the result of a great design as of chance.

58   It would seem that our actions have lucky or unlucky stars, to which they owe a great part of the blame and praise they are given.

59   There are no accidents so unfortunate from which skilful men will not draw some advantage, nor so fortunate that foolish men will not turn them to their disadvantage.

60   Fortune turns all things to the advantage of those she favours.

61   The happiness or unhappiness of men depends no less upon their temperament than upon fortune.

62   Sincerity is an openness of heart. We find it in very few people, and what we usually see is only an artful dissimulation to win the confidence of others.

63   The aversion to lying is often a hidden ambition to render our words credible and weighty, and to attach a religious authority to our conversation.

64   Truth does not do as much good in the world as its counterfeits do evil.

55   La haine pour les favoris n'est autre chose que l'amour de la faveur. Le dépit de ne la pas posséder se console et s'adoucit par le mépris que l'on témoigne de ceux qui la possèdent ; et nous leur refusons nos hommages, ne pouvant pas leur ôter ce qui leur attire ceux de tout le monde.

56   Pour s'établir dans le monde, on fait tout ce que l'on peut pour y paraître établi.

57   Quoique les hommes se flattent de leurs grandes actions, elles ne sont pas souvent les effets d'un grand dessein, mais des effets du hasard.

58   Il semble que nos actions aient des étoiles heureuses ou malheureuses, à qui elles doivent une grande partie de la louange et du blâme qu'on leur donne.

59   Il n'y a point d'accidents si malheureux dont les habiles gens ne tirent quelque avantage, ni de si heureux que les imprudents ne puissent tourner à leur préjudice.

60   La fortune tourne tout à l'avantage de ceux qu'elle favorise.

61   Le bonheur et le malheur des hommes ne dépend pas moins de leur humeur que de la fortune.

62   La sincérité est une ouverture de cœur. On la trouve en fort peu de gens, et celle que l'on voit d'ordinaire n'est qu'une fine dissimulation pour attirer la confiance des autres.

63   L'aversion du mensonge est souvent une imperceptible ambition de rendre nos témoignages considérables, et d'attirer à nos paroles un respect de religion.

64   La vérité ne fait pas tant de bien dans le monde que ses apparences y font de mal.

65   There is no praise we have not lavished upon prudence; yet she cannot assure to us the most trifling event.

66   A clever man ought to so regulate his interests that each will fall in due order. Our greed so often troubles us, making us run after so many things at the same time that, while we too eagerly look after the least, we miss the greatest.

67   What grace is to the body, good sense is to the mind.

68   It is difficult to define love. All we can say is that, in the soul, it is a desire to rule; in the mind, it is a bond of sympathy; and in the body, it is a hidden and delicate wish to possess what we love, after many mysteries.

69   If there is a pure love, exempt from the mixture of our other passions, it is that which is concealed in the depths of the heart, and of which even ourselves are ignorant.

70   There is no disguise which can long hide love where it exists, nor feign it where it does not.

71   There are few people who would not be ashamed of having loved when they love no longer.

72   If we judge of love by the majority of its results, it rather resembles hatred than friendship.

73   We may find women who have never had a love affair, but it is rare to find those who have had only one.

74   There is only one sort of love, but there are a thousand different copies.

65   Il n'y a point d'éloges qu'on ne donne à la prudence ; cependant elle ne saurait nous assurer du moindre événement.

66   Un habile homme doit régler le rang de ses intérêts, et les conduire chacun dans son ordre ; notre avidité le trouble souvent, en nous faisant courir à tant de choses à la fois que, pour désirer trop les moins importantes, on manque les plus considérables.

67   La bonne grâce est au corps ce que le bon sens est à l'esprit.

68   Il est difficile de définir l'amour. Ce qu'on en peut dire est que, dans l'âme, c'est une passion de régner ; dans les esprits, c'est une sympathie ; et dans le corps, ce n'est qu'une envie cachée et délicate de posséder ce que l'on aime, après beaucoup de mystères.

69   S'il y a un amour pur et exempt du mélange de nos autres passions, c'est celui qui est caché au fond du cœur, et que nous ignorons nous-mêmes.

70   Il n'y a point de déguisement qui puisse longtemps cacher l'amour où il est, ni le feindre où il n'est pas.

71   Il n'y a guère de gens qui ne soient honteux de s'être aimés quand ils ne s'aiment plus.

72   Si on juge de l'amour par la plupart de ses effets, il ressemble plus à la haine qu'à l'amitié.

73   On peut trouver des femmes qui n'ont jamais eu de galanterie, mais il est rare d'en trouver qui n'en aient jamais eu qu'une.

74   Il n'y a d'amour que d'une sorte, mais il y en a mille différentes copies.

75   Love, like fire, cannot subsist without perpetual motion, and it ceases to live as soon as it ceases to hope or fear.

76   There is real love just as there are real ghosts: every person speaks of it, few persons have seen it.

77   Love lends its name to an infinite number of transactions which are attributed to it, but with which it has no more concern than the Doge has with all that is done in Venice.

78   Love of justice, in the majority of men, is but the fear of suffering injustice.

79   Silence is the best resolve for the one who distrusts himself.

80   What makes us so inconstant in our friendships is that it is difficult to know the qualities of the soul, but easy to know those of the mind.

81   We can love nothing but what agrees with us, and we only follow our taste and our pleasure when we prefer our friends to ourselves; nevertheless it is only through that preference that friendship can be true and perfect.

82   Reconciliation with our enemies is but a desire to better our condition, a weariness of war, the fear of some unlucky accident.

83   What men have called friendship is merely a partnership with a collection of reciprocal interests, and an exchange of favours; it is but a trade in which self-love always expects to gain something.

84   It is more shameful to distrust than to be deceived by our friends.

75   L'amour, aussi bien que le feu, ne peut subsister sans un mouvement continuel, et il cesse de vivre dès qu'il cesse d'espérer ou de craindre.

76   Il est du véritable amour comme de l'apparition des esprits : tout le monde en parle, mais peu de gens en ont vu.

77   L'amour prête son nom à un nombre infini de commerces qu'on lui attribue, et où il n'a non plus de part que le Doge à ce qui se fait à Venise.

78   L'amour de la justice n'est, en la plupart des hommes, que la crainte de souffrir l'injustice.

79   Le silence est le parti le plus sûr de celui qui se défie de soi-même.

80   Ce qui nous rend si changeants dans nos amitiés, c'est qu'il est difficile de connaître les qualités de l'âme, et facile de connaître celles de l'esprit.

81   Nous ne pouvons rien aimer que par rapport à nous, et nous ne faisons que suivre notre goût et notre plaisir quand nous préférons nos amis à nous-mêmes ; c'est néanmoins par cette préférence seule que l'amitié peut être vraie et parfaite.

82   La réconciliation avec nos ennemis n'est qu'un désir de rendre notre condition meilleure, une lassitude de la guerre, et une crainte de quelque mauvais événement.

83   Ce que les hommes ont nommé amitié n'est qu'une société, qu'un ménagement réciproque d'intérêts, et qu'un échange de bons offices ; ce n'est enfin qu'un commerce où l'amour-propre se propose toujours quelque chose à gagner.

84   Il est plus honteux de se défier de ses amis que d'en être trompé.

85   We often persuade ourselves to love people who are more powerful than we are, yet interest alone produces our friendship. We do not give our hearts away for the good we wish to do, but for the good we expect to receive.

86   Our distrust of another justifies his deception.

87   Men would not live long in society were they not deceived by one another.

88   Self-love increases or diminishes for us the good qualities of our friends in proportion to the satisfaction we feel with them; and we judge of their merit by the manner in which they act towards us.

89   Everyone blames his memory, no one blames his judgement.

90   In the intercourse of life, we please more by our faults than by our good qualities.

91   The largest ambition has the least appearance of ambition when it meets with an absolute impossibility of achieving its goal.

92   To awaken a man who is deceived as to his own merit is to do him as bad a turn as that done to the Athenian madman who was happy in believing that all the ships touching at the port belonged to him.

93   Old men delight in giving good advice, as a consolation for the fact that they can no longer set bad examples.

94   Great names degrade, instead of elevating, those who do not know how to live up to them.

85 Nous nous persuadons souvent d'aimer les gens plus puissants que nous, et néanmoins c'est l'intérêt seul qui produit notre amitié. Nous ne nous donnons pas à eux pour le bien que nous leur voulons faire, mais pour celui que nous en voulons recevoir.

86 Notre défiance justifie la tromperie d'autrui.

87 Les hommes ne vivraient pas longtemps en société s'ils n'étaient les dupes les uns des autres.

88 L'amour-propre nous augmente ou nous diminue les bonnes qualités de nos amis à proportion de la satisfaction que nous avons d'eux ; et nous jugeons de leur mérite par la manière dont ils vivent avec nous.

89 Tout le monde se plaint de sa mémoire, et personne ne se plaint de son jugement.

90 Nous plaisons plus souvent dans le commerce de la vie par nos défauts que par nos bonnes qualités.

91 La plus grande ambition n'en a pas la moindre apparence lorsqu'elle se rencontre dans une impossibilité absolue d'arriver où elle aspire.

92 Détromper un homme préoccupé de son mérite est lui rendre un aussi mauvais office que celui que l'on rendit à ce fou d'Athènes qui croyait que tous les vaisseaux qui arrivaient dans le port étaient à lui.

93 Les vieillards aiment à donner de bons préceptes, pour se consoler de n'être plus en état de donner de mauvais exemples.

94 Les grands noms abaissent, au lieu d'élever, ceux qui ne les savent pas soutenir.

95   The test of extraordinary merit is to see those who envy it the most forced to praise it.

96   A man is perhaps ungrateful, but often less chargeable with ingratitude than his benefactor is.

97   We are deceived if we think that mind and judgement are two different matters; judgement is but the extent of the light of the mind. This light goes to the root of things, it remarks all that deserves notice, and perceives what appears imperceptible. Therefore we must agree that it is the extent of the light of the mind that produces all the effects which we attribute to judgement.

98   Everyone praises his heart, none dare praise their mind.

99   Politeness of mind consists in thinking honourable and refined things.

100   Gallantry of mind is saying flattering things in an agreeable manner.

101   Things often spring to our mind in a more finished form than could have been achieved with much labour and art.

102   The mind is always fooled by the heart.

103   Those who know their minds do not necessarily know their hearts.

104   Men and things have each their proper perspective: to judge rightly of some, it is necessary to examine them close up; of others we can never judge rightly but at a distance.

95   La marque d'un mérite extraordinaire est de voir que ceux qui l'envient le plus sont contraints de le louer.

96   Tel homme est ingrat, qui est moins coupable de son ingratitude que celui qui lui a fait du bien.

97   On s'est trompé lorsqu'on a cru que l'esprit et le jugement étaient deux choses différentes : le jugement n'est que la grandeur de la lumière de l'esprit. Cette lumière pénètre le fond des choses, elle y remarque tout ce qu'il faut remarquer, et aperçoit celles qui semblent imperceptibles. Ainsi il faut demeurer d'accord que c'est l'étendue de la lumière de l'esprit qui produit tous les effets qu'on attribue au jugement.

98   Chacun dit du bien de son cœur, et personne n'en ose dire de son esprit.

99   La politesse de l'esprit consiste à penser des choses honnêtes et délicates.

100   La galanterie de l'esprit est de dire des choses flatteuses d'une manière agréable.

101   Il arrive souvent que des choses se présentent plus achevées à notre esprit qu'il ne les pourrait faire avec beaucoup d'art.

102   L'esprit est toujours la dupe du cœur.

103   Tous ceux qui connaissent leur esprit ne connaissent pas leur cœur.

104   Les hommes et les affaires ont leur point de perspective : il y en a qu'il faut voir de près pour en bien juger ; et d'autres dont on ne juge jamais si bien que quand on en est éloigné.

105   The reasonable man is not the one who discovers reason by accident, but the one who understands, distinguishes and tests it.

106   To understand matters rightly, we should understand their details; and as they are almost infinite, our knowledge is always superficial and imperfect.

107   One kind of flirtation is to boast we never flirt.

108   The mind cannot play the part of the heart for long.

109   Youth changes its tastes by impetuosity, age retains its tastes by habit.

110   We give nothing so profusely as our advice.

111   The more we love a mistress, the closer we are to hating her.

112   Flaws of the mind, like those of the face, increase with age.

113   There may be good marriages, but there are no delectable ones.

114   We are inconsolable at being deceived by our enemies and betrayed by our friends, yet we are often content to be so treated by ourselves.

115   It is as easy to deceive oneself without realizing it as it is hard to deceive others without their noticing it.

116   Nothing is less sincere than the way of asking and giving advice: the person asking seems to pay deference to the opinion of his friend, while thinking in reality of making his friend approve his opinion and be responsible for his conduct. And the person giving the advice returns the confidence placed in him by eager and disinterested zeal, in doing which he is usually guided only by his own interest or reputation.

105   Celui-là n'est pas raisonnable à qui le hasard fait trouver la raison, mais celui qui la connaît, qui la discerne, et qui la goûte.

106   Pour bien savoir les choses, il en faut savoir le détail ; et comme il est presque infini, nos connaissances sont toujours superficielles et imparfaites.

107   C'est une espèce de coquetterie de faire remarquer qu'on n'en fait jamais.

108   L'esprit ne saurait jouer longtemps le personnage du cœur.

109   La jeunesse change ses goûts par l'ardeur du sang, et la vieillesse conserve les siens par l'accoutumance.

110   On ne donne rien si libéralement que ses conseils.

111   Plus on aime une maîtresse, et plus on est près de la haïr.

112   Les défauts de l'esprit augmentent en vieillissant, comme ceux du visage.

113   Il y a de bons mariages, mais il n'y en a point de délicieux.

114   On ne se peut consoler d'être trompé par ses ennemis et trahi par ses amis, et l'on est souvent satisfait de l'être par soi-même.

115   Il est aussi facile de se tromper soi-même sans s'en apercevoir qu'il est difficile de tromper les autres sans qu'ils s'en aperçoivent.

116   Rien n'est moins sincère que la manière de demander et de donner des conseils : celui qui en demande paraît avoir une déférence respectueuse pour les sentiments de son ami, bien qu'il ne pense qu'à lui faire approuver les siens et à le rendre garant de sa conduite ; et celui qui conseille paye la confiance qu'on lui témoigne d'un zèle ardent et désintéressé, quoiqu'il ne cherche le plus souvent, dans les conseils qu'il donne, que son propre intérêt ou sa gloire.

117   The cleverest subtlety is to simulate blindness for snares that we know are set for us, and we are never so easily deceived as when trying to deceive others.

118   The intention of never deceiving others often exposes us to deception.

119   We become so accustomed to disguise ourselves to others that at last we are disguised to ourselves.

120   We often act treacherously more from weakness than from a fixed motive.

121   We frequently do good so that we can do evil with impunity.

122   If we resist our passions, it is more from their weakness than from our strength.

123   If we never flattered ourselves, we would get but scant pleasure.

124   The cleverest persons spend their lives in blaming deceit so as to use it on some great occasion to promote some great interest.

125   The daily employment of cunning marks a little mind, and it generally happens that those who resort to it in one respect to protect themselves, lay themselves open to attack in another.

126   Cunning and treachery come only from lack of skill.

127   The true way to be deceived is to think you are cleverer than others.

128   Too much refinement is but deceptive delicacy; true delicacy rest on the most substantial cleverness.

117   La plus subtile de toutes les finesses est de savoir bien feindre de tomber dans les pièges que l'on nous tend, et on n'est jamais si aisément trompé que quand on songe à tromper les autres.

118   L'intention de ne jamais tromper nous expose à être souvent trompés.

119   Nous sommes si accoutumés à nous déguiser aux autres qu'enfin nous nous déguisons à nous-mêmes.

120   L'on fait plus souvent des trahisons par faiblesse que par un dessein formé de trahir.

121   On fait souvent du bien pour pouvoir impunément faire du mal.

122   Si nous résistons à nos passions, c'est plus par leur faiblesse que par notre force.

123   On n'aurait guère de plaisir si on ne se flattait jamais.

124   Les plus habiles affectent toute leur vie de blâmer les finesses pour s'en servir en quelque grande occasion et pour quelque grand intérêt.

125   L'usage ordinaire de la finesse est la marque d'un petit esprit, et il arrive presque toujours que celui qui s'en sert pour se couvrir en un endroit se découvre en un autre.

126   Les finesses et les trahisons ne viennent que de manque d'habileté.

127   Le vrai moyen d'être trompé, c'est de se croire plus fin que les autres.

128   La trop grande subtilité est une fausse délicatesse, et la véritable délicatesse est une solide subtilité.

129   Being uncouth is sometimes enough to avoid being deceived by cunning men.

130   Weakness is the only fault which cannot be cured.

131   The smallest fault of women who give themselves up to lovemaking is lovemaking.

132   It is far easier to be wise for others than to be so for oneself.

133   The only good imitations are those that make us see the ridiculous aspects of bad originals.

134   We are never so ridiculous from the habits we have as from those that we affect to have.

135   We are sometimes as different from ourselves as we are from others.

136   There are some who never would have loved if they had never heard of love.

137   When not prompted by vanity, we have little to say.

138   A man would rather say evil of himself than say nothing about himself.

139   One of the reasons that we find so few persons reasonable and agreeable in conversation is that there is hardly a person who does not think more of what he wants to say than of answering precisely what he is told. The most skilful and complacent people are content to show only an attentive countenance. At the same time, we perceive in their mind and eyes that they are wandering from what is said and desire to return to what they want to say. They fail to consider that the worst way to persuade or please others is to try thus strongly to please ourselves, and that to listen well and to answer well are some of the greatest charms we can have in conversation.

129   Il suffit quelquefois d'être grossier pour n'être pas trompé par un habile homme.

130   La faiblesse est le seul défaut que l'on ne saurait corriger.

131   Le moindre défaut des femmes qui se sont abandonnées à faire l'amour, c'est de faire l'amour.

132   Il est plus aisé d'être sage pour les autres que de l'être pour soi-même.

133   Les seules bonnes copies sont celles qui nous font voir le ridicule des méchants originaux.

134   On n'est jamais si ridicule par les qualités que l'on a que par celles que l'on affecte d'avoir.

135   On est quelquefois aussi différent de soi-même que des autres.

136   Il y a des gens qui n'auraient jamais été amoureux s'ils n'avaient jamais entendu parler de l'amour.

137   On parle peu, quand la vanité ne fait pas parler.

138   On aime mieux dire du mal de soi-même que de n'en point parler.

139   Une des choses qui fait que l'on trouve si peu de gens qui paraissent raisonnables et agréables dans la conversation, c'est qu'il n'y a presque personne qui ne pense plutôt à ce qu'il veut dire qu'à répondre précisément à ce qu'on lui dit. Les plus habiles et les plus complaisants se contentent de montrer seulement une mine attentive, au même temps que l'on voit dans leurs yeux et dans leur esprit un égarement pour ce qu'on leur dit, et une précipitation pour retourner à ce qu'ils veulent dire ; au lieu de considérer que c'est un mauvais moyen de plaire aux autres ou de les persuader que de chercher si fort à se plaire à soi-même, et que bien écouter et bien répondre est une des plus grandes perfections qu'on puisse avoir dans la conversation.

140 If it was not for the company of fools, a witty man would often be greatly at a loss.

141 We often boast that we are never bored on our own, and we are so conceited that we refuse to admit that we find our own company tedious.

142 As it is the mark of great minds to say many things in a few words, so it is that of little minds to use many words, and not saying anything.

143 It is more often by the estimation of our own feelings that we exaggerate the good qualities of others than by their merit; when we praise them, we wish to attract their praise.

144 We do not like to praise, and we never praise without a motive. Praise is flattery, artful, hidden and delicate, which gratifies differently him who praises and him who is praised: the one takes it as a reward for his merit, the other bestows it to show his fairness and perspicacity.

145 We often make envenomed compliments which, by a reaction upon those we praise, shows faults we could not have shown by other means.

146 Usually we only praise to be praised.

147 Few are sufficiently wise to prefer useful criticism to praise which is treacherous.

148 Some reproaches are praises, and some praises are slanders.

149 The refusal of praise is only the wish to be praised twice.

140   Un homme d'esprit serait souvent bien embarrassé sans la compagnie des sots.

141   Nous nous vantons souvent de ne nous point ennuyer, et nous sommes si glorieux que nous ne voulons pas nous trouver de mauvaise compagnie.

142   Comme c'est le caractère des grands esprits de faire entendre en peu de paroles beaucoup de choses, les petits esprits, au contraire, ont le don de beaucoup parler, et de ne rien dire.

143   C'est plutôt par l'estime de nos propres sentiments que nous exagérons les bonnes qualités des autres que par l'estime de leur mérite ; et nous voulons nous attirer des louanges, lorsqu'il semble que nous leur en donnons.

144   On n'aime point à louer, et on ne loue jamais personne sans intérêt. La louange est une flatterie habile, cachée et délicate, qui satisfait différemment celui qui la donne et celui qui la reçoit : l'un la prend comme une récompense de son mérite ; l'autre la donne pour faire remarquer son équité et son discernement.

145   Nous choisissons souvent des louanges empoisonnées qui font voir, par contrecoup, en ceux que nous louons, des défauts que nous n'osons découvrir d'une autre sorte.

146   On ne loue d'ordinaire que pour être loué.

147   Peu de gens sont assez sages pour préférer le blâme qui leur est utile à la louange qui les trahit.

148   Il y a des reproches qui louent, et des louanges qui médisent.

149   Le refus des louanges est un désir d'être loué deux fois.

150   The desire which urges us to deserve praise strengthens our good qualities; and praise given to wit, valour and beauty tends to increase them.

151   It is more difficult to prevent oneself from being ruled than to rule others.

152   If we never flattered ourselves, the flattery of others would not harm us.

153   Nature creates merit, and fortune calls it into play.

154   Fortune cures us of many faults that reason could not set right.

155   Some persons with merit repel us, some others please us even with their faults.

156   There are persons whose only merit consists in saying and doing stupid things at the right time, and who would ruin all if they changed their manners.

157   The fame of great men ought always to be estimated by the means used to acquire it.

158   Flattery is false coin to which only our vanity gives currency.

159   It is not enough to have great qualities; we must also have the management of them.

160   However brilliant an action, it should not be esteemed great unless it be the result of a great motive.

150   Le désir de mériter les louanges qu'on nous donne fortifie notre vertu ; et celles que l'on donne à l'esprit, à la valeur et à la beauté contribuent à les augmenter.

151   Il est plus difficile de s'empêcher d'être gouverné que de gouverner les autres.

152   Si nous ne nous flattions point nous-mêmes, la flatterie des autres ne nous pourrait nuire.

153   La nature fait le mérite, et la fortune le met en œuvre.

154   La fortune nous corrige de plusieurs défauts que la raison ne saurait corriger.

155   Il y a des gens dégoûtants avec du mérite, et d'autres qui plaisent avec des défauts.

156   Il y a des gens dont tout le mérite consiste à dire et à faire des sottises utilement, et qui gâteraient tout s'ils changeaient de conduite.

157   La gloire des grands hommes se doit toujours mesurer aux moyens dont ils se sont servis pour l'acquérir.

158   La flatterie est une fausse monnaie, qui n'a de cours que par notre vanité.

159   Ce n'est pas assez d'avoir de grandes qualités ; il en faut avoir l'économie.

160   Quelque éclatante que soit une action, elle ne doit pas passer pour grande lorsqu'elle n'est pas l'effet d'un grand dessein.

161   A certain consistency should be kept between actions and ideas if we want to derive all the effects they can produce.

162   The art of using moderate abilities to advantage wins praise, and often acquires more reputation than does real merit.

163   Numberless acts appear ridiculous whose secret motives are most wise and weighty.

164   It is easier to seem worthy of positions we do not fill than for those we do.

165   Merit wins us the esteem of honorable people, luck that of the world.

166   The world more often rewards the appearance of merit than merit itself.

167   Avarice is more opposed to thrifty management than liberality is.

168   However deceitful hope may be, she carries us on pleasantly to the end of life.

169   While laziness and timidity hold us to our duty, our virtue often gets all the praise.

170   If someone acts rightly and honestly, it is difficult to judge whether it is the effect of integrity or cleverness.

171   As rivers are lost in the sea, so are virtues in self-interest.

161 Il doit y avoir une certaine proportion entre les actions et les desseins si on en veut tirer tous les effets qu'elles peuvent produire.

162 L'art de savoir bien mettre en œuvre de médiocres qualités dérobe l'estime et donne souvent plus de réputation que le véritable mérite.

163 Il y a une infinité de conduites qui paraissent ridicules, et dont les raisons cachées sont très sages et très solides.

164 Il est plus facile de paraître digne des emplois qu'on n'a pas que de ceux que l'on exerce.

165 Notre mérite nous attire l'estime des honnêtes gens, et notre étoile celle du public.

166 Le monde récompense plus souvent les apparences du mérite que le mérite même.

167 L'avarice est plus opposée à l'économie que la libéralité.

168 L'espérance, toute trompeuse qu'elle est, sert au moins à nous mener à la fin de la vie par un chemin agréable.

169 Pendant que la paresse et la timidité nous retiennent dans notre devoir, notre vertu en a souvent tout l'honneur.

170 Il est difficile de juger si un procédé net, sincère et honnête est un effet de probité ou d'habileté.

171 Les vertus se perdent dans l'intérêt, comme les fleuves se perdent dans la mer.

172 If we thoroughly consider the varied effects of boredom, we find that it makes us neglect more duties than self-interest does.

173 There are different kinds of curiosity: one springs from interest, which makes us desire to know everything that may be profitable to us; another from pride, which springs from a desire of knowing what others are ignorant of.

174 Our minds are better employed to bear the ills we have than to speculate on those which may befall us.

175 Constancy in love is a perpetual inconstancy which causes our heart to attach itself to all the qualities of the person we love in succession, sometimes giving the preference to one, sometimes to another. Constancy is therefore merely inconstancy fixed and limited to the same object.

176 There are two kinds of constancy in love: one arises from constantly finding new things to love in the person we love, the other from making it a point of honour to be constant.

177 Perseverance deserves neither blame nor praise, since it is merely the continuance of tastes and feelings which we can neither create or destroy.

178 What makes us like new acquaintances is not so much the weariness of the old ones or the wish for change, as frustration at not being sufficiently admired by those who know us too well, and the hope of advantage over those who do not yet know us.

179 We sometimes deplore the fickleness of our friends in order to justify in advance our own fickleness.

172   Si on examine bien les divers effets de l'ennui, on trouvera qu'il fait manquer à plus de devoirs que l'intérêt.

173   Il y a diverses sortes de curiosité : l'une d'intérêt, qui nous porte à désirer d'apprendre ce qui nous peut être utile ; et l'autre d'orgueil, qui vient du désir de savoir ce que les autres ignorent.

174   Il vaut mieux employer notre esprit à supporter les infortunes qui nous arrivent qu'à prévoir celles qui nous peuvent arriver.

175   La constance en amour est une inconstance perpétuelle, qui fait que notre cœur s'attache successivement à toutes les qualités de la personne que nous aimons, donnant tantôt la préférence à l'une, tantôt à l'autre ; de sorte que cette constance n'est qu'une inconstance arrêtée et renfermée dans un même sujet.

176   Il y a deux sortes de constance en amour : l'une vient de ce que l'on trouve sans cesse dans la personne que l'on aime de nouveaux sujets d'aimer, et l'autre vient de ce que l'on se fait un honneur d'être constant.

177   La persévérance n'est digne ni de blâme ni de louange, parce qu'elle n'est que la durée des goûts et des sentiments, qu'on ne s'ôte et qu'on ne se donne point.

178   Ce qui nous fait aimer les nouvelles connaissances n'est pas tant la lassitude que nous avons des vieilles ou le plaisir de changer que le dégoût de n'être pas assez admirés de ceux qui nous connaissent trop, et l'espérance de l'être davantage de ceux qui ne nous connaissent pas tant.

179   Nous nous plaignons quelquefois légèrement de nos amis pour justifier par avance notre légèreté.

180   Our repentance is not so much a regret for the harm we have done as fear of the ill that may befall us as a result.

181   One sort of inconstancy springs from levity or weakness of mind, which makes us accept all the opinions of others; and another, more excusable, which comes from the disgust of things.

182   Vices enter into the composition of virtues as poison into that of medicines; prudence collects and blends the two and renders them useful against the ills of life.

183   For the credit of virtue, we must admit that the greatest misfortunes of men are those into which they fall through their crimes.

184   We admit our faults to repair by our sincerity the evil we have done in the opinion of others.

185   Evil, as well as good, has its heroes.

186   We do not despise all who have vices, but we do despise all who have not virtues.

187   The name of virtue is as useful as vices in serving self-interest.

188   The health of the soul is no more guaranteed than that of the body; and although one seems to be far from the passions, one is no less in danger of being carried away by them than of falling ill when one is in good health.

189   It seems that nature has, at man's birth, fixed the bounds of his virtues and vices.

190   It belongs only to great men to have great faults.

180   Notre repentir n'est pas tant un regret du mal que nous avons fait qu'une crainte de celui qui nous en peut arriver.

181   Il y a une inconstance, qui vient de la légèreté de l'esprit ou de sa faiblesse, qui lui fait recevoir toutes les opinions d'autrui ; et il y en a une autre, qui est plus excusable, qui vient du dégoût des choses.

182   Les vices entrent dans la composition des vertus comme les poisons entrent dans la composition des remèdes ; la prudence les assemble et les tempère, et elle s'en sert utilement contre les maux de la vie.

183   Il faut demeurer d'accord, à l'honneur de la vertu, que les plus grands malheurs des hommes sont ceux où ils tombent par les crimes.

184   Nous avouons nos défauts pour réparer par notre sincérité le tort qu'ils nous font dans l'esprit des autres.

185   Il y a des héros en mal comme en bien.

186   On ne méprise pas tous ceux qui ont des vices ; mais on méprise tous ceux qui n'ont aucune vertu.

187   Le nom de la vertu sert à l'intérêt aussi utilement que les vices.

188   La santé de l'âme n'est pas plus assurée que celle du corps ; et quoique l'on paraisse éloigné des passions, on n'est pas moins en danger de s'y laisser emporter que de tomber malade quand on se porte bien.

189   Il semble que la nature ait prescrit à chaque homme, dès sa naissance, des bornes pour les vertus et pour les vices.

190   Il n'appartient qu'aux grands hommes d'avoir de grands défauts.

191   We can say that, in the course of our life, vices await us like landlords at whose houses we successively lodge; if we were allowed to take the same path twice, I doubt whether experience would make us avoid them.

192   When our vices leave us, we flatter ourselves with the idea that it is we who are leaving them.

193   There are relapses in the diseases of the soul, as in those of the body; what we take for our cure is, most often, no more than an intermission, or a change of disease.

194   The defects of the soul are like the wounds of the body: whatever care is taken to heal them, the scar always appears, and they are at all times in danger of reopening.

195   What often prevents us from surrendering to a single vice is having so many.

196   We easily forget those faults which are known only to ourselves.

197   There are people whose evil we would never believe if we did not see it; but there are none in whom we should be surprised to see it.

198   We exaggerate the glory of some men to lower that of others; sometimes, one would praise less Monsieur le Prince [de Condé] and Monsieur de Turenne if one did not want to belittle them both.

199   The desire to appear clever often prevents our being so.

200   Virtue would not go so far if vanity did not escort her.

191 On peut dire que les vices nous attendent dans le cours de la vie comme des hôtes chez qui il faut successivement loger ; et je doute que l'expérience nous les fît éviter s'il nous était permis de faire deux fois le même chemin.

192 Quand les vices nous quittent, nous nous flattons de la créance que c'est nous qui les quittons.

193 Il y a des rechutes dans les maladies de l'âme, comme dans celles du corps ; ce que nous prenons pour notre guérison n'est, le plus souvent, qu'un relâche, ou un changement de mal.

194 Les défauts de l'âme sont comme les blessures du corps : quelque soin qu'on prenne de les guérir, la cicatrice paraît toujours, et elles sont à tout moment en danger de se rouvrir.

195 Ce qui nous empêche souvent de nous abandonner à un seul vice est que nous en avons plusieurs.

196 Nous oublions aisément nos fautes lorsqu'elles ne sont sues que de nous.

197 Il y a des gens de qui l'on peut ne jamais croire du mal sans l'avoir vu ; mais il n'y en a point en qui il nous doive surprendre en le voyant.

198 Nous élevons la gloire des uns pour abaisser celle des autres ; et, quelquefois, on louerait moins Monsieur le Prince [de Condé] et Monsieur de Turenne si on ne les voulait point blâmer tous deux.

199 Le désir de paraître habile empêche souvent de le devenir.

200 La vertu n'irait pas si loin si la vanité ne lui tenait compagnie.

201   Whoever believes that he can find in himself enough to do without everyone else is very much mistaken, but he who believes that one cannot do without him is even more mistaken.

202   Falsely honest people are those who disguise their faults both to themselves and others; truly honest people are those who know them perfectly and confess them.

203   A true gentleman never prides himself on anything.

204   Sternness is an adjustment and makeup that women add to their beauty.

205   Virtue, in women, is often love of their reputation and tranquility.

206   He is truly a gentleman who desires always to bear the inspection of honorable people.

207   Folly follows us at all stages of life. If someone appears wise, it is but because his follies are proportionate to his age and wealth.

208   There are silly people who know themselves for what they are, and who skillfully employ their silliness.

209   Whoever lives without folly is not as wise as he thinks.

210   As we get older, we become more foolish—and wiser.

211   Some people are like popular songs, which are only sung for a while.

201   Celui qui croit pouvoir trouver en soi-même de quoi se passer de tout le monde se trompe fort ; mais celui qui croit qu'on ne peut se passer de lui se trompe encore davantage.

202   Les faux honnêtes gens sont ceux qui déguisent leurs défauts aux autres et à eux-mêmes ; les vrais honnêtes gens sont ceux qui les connaissent parfaitement et les confessent.

203   Le vrai honnête homme est celui qui ne se pique de rien.

204   La sévérité des femmes est un ajustement et un fard qu'elles ajoutent à leur beauté.

205   L'honnêteté des femmes est souvent l'amour de leur réputation et de leur repos.

206   C'est être véritablement honnête homme que de vouloir être toujours exposé à la vue des honnêtes gens.

207   La folie nous suit dans tous les temps de la vie. Si quelqu'un paraît sage, c'est seulement parce que ses folies sont proportionnées à son âge et à sa fortune.

208   Il y a des gens niais qui se connaissent, et qui emploient habilement leur niaiserie.

209   Qui vit sans folie n'est pas si sage qu'il croit.

210   En vieillissant, on devient plus fou — et plus sage.

211   Il y a des gens qui ressemblent aux vaudevilles, qu'on ne chante qu'un certain temps.

212 Most people judge men only by how popular they are, or by their fortune.

213 Love of glory, fear of shame, greed of fortune, the desire to make life agreeable and comfortable, and the wish to deprecate others, are often the causes of that valour so vaunted among men.

214 Valour, in common soldiers, is a perilous method of earning their living.

215 Perfect bravery and sheer cowardice are two extremes rarely found. The space between them is vast, and embraces all other sorts of courage; the difference between them is not less than between faces and tempers. There are men who will freely expose themselves at the beginning of an action, and relax and be easily discouraged if it should last; some are content to satisfy worldly honour, and beyond that will do little else. Some are not always equally masters of their fear; others allow themselves to be overcome by panic; others charge because they dare not remain at their posts. Some may be found whose courage is strengthened by small perils, which prepare them to face greater dangers. Some will dare a sword cut and flinch from a bullet; others dread bullets little and fear to fight with swords. These varied kinds of courage agree in this, that night, by increasing fear and concealing bad deeds or cowardly actions, allows men to spare themselves. There is even a more general discretion to be observed, for we meet with no man who does all he would have done if he were assured of coming back alive; so that it is certain that the fear of death takes away something of the valour.

216 Perfect valour is to do without witnesses what one would do before all the world.

212   La plupart des gens ne jugent des hommes que par la vogue qu'ils ont, ou par leur fortune.

213   L'amour de la gloire, la crainte de la honte, le dessein de faire fortune, le désir de rendre notre vie commode et agréable, et l'envie d'abaisser les autres, sont souvent les causes de cette valeur si célèbre parmi les hommes.

214   La valeur est, dans les simples soldats, un métier périlleux qu'ils ont pris pour gagner leur vie.

215   La parfaite valeur et la poltronnerie complète sont deux extrémités où l'on arrive rarement. L'espace qui est entre-deux est vaste, et contient toutes les autres espèces de courage : il n'y a pas moins de différence entre elles qu'entre les visages et les humeurs. Il y a des hommes qui s'exposent volontiers au commencement d'une action, et qui se relâchent et se rebutent aisément par sa durée ; il y en a qui sont contents quand ils ont satisfait à l'honneur du monde, et qui font fort peu de chose au-delà. On en voit qui ne sont pas toujours également maîtres de leur peur ; d'autres se laissent quelquefois entraîner à des terreurs générales ; d'autres vont à la charge parce qu'ils n'osent demeurer dans leurs postes. Il s'en trouve à qui l'habitude des moindres périls affermit le courage et les prépare à s'exposer à de plus grands. Il y en a qui sont braves à coups d'épée, et qui craignent les coups de mousquet ; d'autres sont assurés aux coups de mousquet, et appréhendent de se battre à coups d'épée. Tous ces courages de différentes espèces conviennent en ce que la nuit augmentant la crainte et cachant les bonnes et les mauvaises actions, elle donne la liberté de se ménager. Il y a encore un autre ménagement plus général ; car on ne voit point d'homme qui fasse tout ce qu'il serait capable de faire dans une occasion s'il était assuré d'en revenir ; de sorte qu'il est visible que la crainte de la mort ôte quelque chose de la valeur.

216   La parfaite valeur est de faire sans témoins ce qu'on serait capable de faire devant tout le monde.

217   Intrepidity is an extraordinary strength of the soul, which raises it above the troubles, disorders and emotions that the sight of great perils could excite in it. It is by this strength that heroes maintain a calm aspect and preserve free use of their reason in the most surprising and the most terrible crises.

218   Hypocrisy is a tribute vice pays to virtue.

219   Most men expose themselves in battle enough to save their honour. However, few wish to do so as much as is necessary to make the design for which they expose themselves succeed.

220   Vanity, shame, and above all disposition, often make the valour of men, and the virtue of women.

221   No one wants to lose his life, and everyone wants to acquire glory. This makes brave men show more dexterity and spirit in avoiding death than people with a quibbling mind in preserving their property.

222   There are hardly any people who, on the first approach of age, do not show wherein their body and mind will eventually fail.

223   Gratitude is as the good faith of merchants: it holds commerce together, and we do not pay because it is just to pay debts, but because we shall thereby more easily find people who will lend.

224   All those who pay the debts of gratitude cannot thereby flatter themselves that they really are grateful.

225   What makes false reckoning, as regards gratitude, is that the pride of the giver and the receiver cannot agree as to the value of the favour.

217   L'intrépidité est une force extraordinaire de l'âme, qui l'élève au-dessus des troubles, des désordres et des émotions que la vue des grands périls pourrait exciter en elle ; et c'est par cette force que les héros se maintiennent en un état paisible et conservent l'usage libre de leur raison dans les accidents les plus surprenants et les plus terribles.

218   L'hypocrisie est un hommage que le vice rend à la vertu.

219   La plupart des hommes s'exposent assez dans la guerre pour sauver leur honneur ; mais peu se veulent toujours exposer autant qu'il est nécessaire pour faire réussir le dessein pour lequel ils s'exposent.

220   La vanité, la honte, et surtout le tempérament, font souvent la valeur des hommes, et la vertu des femmes.

221   On ne veut point perdre la vie, et on veut acquérir de la gloire ; ce qui fait que les braves ont plus d'adresse et d'esprit pour éviter la mort que les gens de chicane n'en ont pour conserver leur bien.

222   Il n'y a guère de personnes qui, dans le premier penchant de l'âge, ne fassent connaître par où leur corps et leur esprit doivent défaillir.

223   Il est de la reconnaissance comme de la bonne foi des marchands : elle entretient le commerce ; et nous ne payons pas parce qu'il est juste de nous acquitter, mais pour trouver plus facilement des gens qui nous prêtent.

224   Tous ceux qui s'acquittent des devoirs de la reconnaissance ne peuvent pas pour cela se flatter d'être reconnaissants.

225   Ce qui fait le mécompte dans la reconnaissance qu'on attend des grâces que l'on a faites, c'est que l'orgueil de celui qui donne et l'orgueil de celui qui reçoit ne peuvent convenir du prix du bienfait.

226   Too great a hurry to discharge of an obligation is a kind of ingratitude.

227   Lucky people are bad hands at correcting their faults, and they always believe that they are right when fortune backs up their vice or folly.

228   Pride is not willing to owe, and self-love is not willing to pay.

229   The good we have received from someone makes us swallow the evil he does us.

230   Nothing is so contagious as example, and we never do great good or great evil without producing the likes. We imitate good deeds by emulation, and bad ones by the malignity of our nature, which shame held captive, and which example sets free.

231   It is great folly to wish to be wise on one's own.

232   Whatever pretext we give to our afflictions, it is often only self-interest and vanity that cause them.

233   In afflictions there are various kinds of hypocrisy. In one, under the pretext of weeping for one dear to us, we bemoan ourselves; we regret his good opinion of us; we deplore the loss of our comfort, our pleasure, our consideration. Thus the dead have the credit of tears shed for the living. I affirm this is a kind of hypocrisy because, in these kinds of afflictions, we deceive ourselves. There is another kind which is not so innocent, because it imposes itself on everyone: that is the grief of those who aspire to the glory of a noble and immortal sorrow. After time, which absorbs all, has obliterated their real sorrow, they still obstinately obtrude their tears, their sighs, their groans; they wear a solemn face, and try to persuade others by

226   Le trop grand empressement qu'on a de s'acquitter d'une obligation est une espèce d'ingratitude.

227   Les gens heureux ne se corrigent guère, et ils croient toujours avoir raison quand la fortune soutient leur mauvaise conduite.

228   L'orgueil ne veut pas devoir, et l'amour-propre ne veut pas payer.

229   Le bien que nous avons reçu de quelqu'un veut que nous respections le mal qu'il nous fait.

230   Rien n'est si contagieux que l'exemple, et nous ne faisons jamais de grands biens ni de grands maux qui n'en produisent de semblables. Nous imitons les bonnes actions par émulation, et les mauvaises par la malignité de notre nature, que la honte retenait prisonnière, et que l'exemple met en liberté.

231   C'est une grande folie de vouloir être sage tout seul.

232   Quelque prétexte que nous donnions à nos afflictions, ce n'est souvent que l'intérêt et la vanité qui les causent.

233   Il y a dans les afflictions diverses sortes d'hypocrisie. Dans l'une, sous prétexte de pleurer la perte d'une personne qui nous est chère, nous nous pleurons nous-mêmes ; nous regrettons la bonne opinion qu'il avait de nous ; nous pleurons la diminution de notre bien, de notre plaisir, de notre considération. Ainsi les morts ont l'honneur des larmes qui ne coulent que pour les vivants. Je dis que c'est une espèce d'hypocrisie à cause que, dans ces sortes d'afflictions, on se trompe soi-même. Il y a une autre hypocrisie qui n'est pas si innocente, parce qu'elle impose à tout le monde : c'est l'affliction de certaines personnes qui aspirent à la gloire d'une belle et immortelle douleur. Après que le temps qui consume tout a fait cesser celle qu'elles avaient en effet, elles ne laissent pas d'opiniâtrer leurs pleurs, leurs plaintes et leurs soupirs ; elles prennent un personnage lugubre, et travaillent à persuader par

all their acts that their grief will end only with their life. This sad and distressing vanity is commonly found in ambitious women: as their sex closes to them all paths to glory, they strive to render themselves celebrated by showing an inconsolable affliction. There is yet another kind of tears arising from but small sources, which flow easily and cease as easily: one weeps to achieve a reputation for tenderness, weeps to be pitied, weeps to be bewept; in fact, one weeps to avoid the disgrace of not weeping.

234 It is more often from pride than from ignorance that we are so obstinately opposed to current opinions; we find the first places taken, and we do not want the last.

235 We are easily consoled at the misfortunes of our friends when they enable us to prove our tenderness for them.

236 It would seem that even self-love may be the dupe of goodness and forget itself when we work for others. And yet, it is but taking the shortest way to arrive at its aim, taking usury under the pretext of giving; in fact, winning everybody in a subtle and delicate manner.

237 No one should be praised for his goodness if he does not have the strength to be wicked; all other goodness is but too often laziness or powerlessness of will.

238 It is not so dangerous to do wrong to most men as to do them too much good.

239 Nothing flatters our pride so much as the confidence of great people, because we regard it as the result of our worth, without remembering that it is generally the outcome of their vanity, or their inability to keep a secret.

toutes leurs actions que leur déplaisir ne finira qu'avec leur vie. Cette triste et fatigante vanité se trouve d'ordinaire dans les femmes ambitieuses : comme leur sexe leur ferme tous les chemins qui mènent à la gloire, elles s'efforcent de se rendre célèbres par la montre d'une inconsolable affliction. Il y a encore une autre espèce de larmes qui n'ont que de petites sources, qui coulent et se tarissent facilement : on pleure pour avoir la réputation d'être tendre; on pleure pour être plaint; on pleure pour être pleuré; enfin, on pleure pour éviter la honte de ne pleurer pas.

234   C'est plus souvent par orgueil que par défaut de lumières qu'on s'oppose avec tant d'opiniâtreté aux opinions les plus suivies : on trouve les premières places prises dans le bon parti, et on ne veut point des dernières.

235   Nous nous consolons aisément des disgrâces de nos amis lorsqu'elles servent à signaler notre tendresse pour eux.

236   Il semble que l'amour-propre soit la dupe de la bonté, et qu'il s'oublie lui-même lorsque nous travaillons pour l'avantage des autres. Cependant, c'est prendre le chemin le plus assuré pour arriver à ses fins, c'est prêter à usure sous prétexte de donner, c'est enfin s'acquérir tout le monde par un moyen subtil et délicat.

237   Nul ne mérite d'être loué de bonté s'il n'a pas la force d'être méchant : toute autre bonté n'est le plus souvent qu'une paresse ou une impuissance de la volonté.

238   Il n'est pas si dangereux de faire du mal à la plupart des hommes que de leur faire trop de bien.

239   Rien ne flatte plus notre orgueil que la confiance des grands, parce que nous la regardons comme un effet de notre mérite, sans considérer qu'elle ne vient le plus souvent que de vanité, ou d'impuissance de garder le secret.

240 We may say of attractiveness, as distinguished from beauty, that it is a symmetry whose rules are unknown, and a secret harmony of features both one with each other and with the appearance of the person.

241 Flirtation is at the bottom of women's nature; but all do not give it free rein, some being restrained by fear, others by reason.

242 We often annoy others when we think we cannot possibly annoy them.

243 Few things are impossible in themselves; perseverance to make them succeed fails us more often than the means.

244 Sovereign ability consists in knowing the value of things.

245 There is great ability in knowing how to conceal one's ability.

246 What seems generosity is often disguised ambition, which despises small to run after greater interest.

247 The fidelity of most men is merely an invention of self-love to win confidence, a method to place us above others and to render us depositaries of the most important matters.

248 Magnanimity despises everything, to win everything.

249 There is no less eloquence in the voice, in the eyes and in the general appearance of a speaker than in his choice of words.

240   On peut dire de l'agrément, séparé de la beauté, que c'est une symétrie dont on ne sait point les règles, et un rapport secret des traits ensemble, et des traits avec les couleurs et avec l'air de la personne.

241   La coquetterie est le fond de l'humeur des femmes ; mais toutes ne la mettent pas en pratique, parce que la coquetterie de quelques-unes est retenue par la crainte ou par la raison.

242   On incommode souvent les autres quand on croit ne les pouvoir jamais incommoder.

243   Il y a peu de choses impossibles d'elles-mêmes, et l'application pour les faire réussir nous manque plus que les moyens.

244   La souveraine habileté consiste à bien connaître le prix des choses.

245   C'est une grande habileté que de savoir cacher son habileté.

246   Ce qui paraît générosité n'est souvent qu'une ambition déguisée qui méprise de petits intérêts pour aller à de plus grands.

247   La fidélité qui paraît en la plupart des hommes n'est qu'une invention de l'amour-propre pour attirer la confiance ; c'est un moyen de nous élever au-dessus des autres, et de nous rendre dépositaires des choses les plus importantes.

248   La magnanimité méprise tout, pour avoir tout.

249   Il n'y a pas moins d'éloquence dans le ton de la voix, dans les yeux et dans l'air de la personne que dans le choix des paroles.

250   True eloquence consists in saying all that is necessary, and only what is necessary.

251   There are people whose faults suit them perfectly, others whose very virtues disgrace them.

252   It is as common to change one's tastes as it is uncommon to change one's inclinations.

253   Self-interest sets at work all sorts of virtues and vices.

254   Humility is often a feigned submission which we employ to submit others; it is an artifice of pride which demeans itself in order to exalt itself. Although it transforms itself in a thousand ways, it is never better disguised and more capable of deceiving than when it hides itself under the figure of humility.

255   Each feeling has its own particular tone of voice, gesture and look; and that interrelationship, whether good or bad, pleasant or unpleasant, makes people agreeable or disagreeable.

256   In all professions, we affect a look and appearance to appear as we wish to be perceived; thus, we may say that the world is merely composed of masks.

257   Solemnity is an attitude of the body contrived to hide the defects of the mind.

258   Good taste arises more from judgement than from intelligence.

259   The pleasure of love is in loving; we are happier in the passion we feel than in that we inspire.

250   La véritable éloquence consiste à dire tout ce qu'il faut, et à ne dire que ce qu'il faut.

251   Il y a des personnes à qui les défauts siéent bien, et d'autres qui sont disgraciées avec leurs bonnes qualités.

252   Il est aussi ordinaire de voir changer les goûts qu'il est extraordinaire de voir changer les inclinations.

253   L'intérêt met en œuvre toutes sortes de vertus et de vices.

254   L'humilité n'est souvent qu'une feinte soumission, dont on se sert pour soumettre les autres ; c'est un artifice de l'orgueil qui s'abaisse pour s'élever ; et, bien qu'il se transforme en mille manières, il n'est jamais mieux déguisé et plus capable de tromper que lorsqu'il se cache sous la figure de l'humilité.

255   Tous les sentiments ont chacun un ton de voix, des gestes et des mines qui leur sont propres ; et ce rapport, bon ou mauvais, agréable ou désagréable, est ce qui fait que les personnes plaisent ou déplaisent.

256   Dans toutes les professions, chacun affecte une mine et un extérieur pour paraître ce qu'il veut qu'on le croie ; ainsi, on peut dire que le monde n'est composé que de mines.

257   La gravité est un mystère du corps inventé pour cacher les défauts de l'esprit.

258   Le bon goût vient plus du jugement que de l'esprit.

259   Le plaisir de l'amour est d'aimer ; et l'on est plus heureux par la passion que l'on a que par celle que l'on donne.

260   Civility is but a desire to receive civility, and to be esteemed polite.

261   The usual education of young people is to inspire them with a second self-love.

262   There is no passion wherein self-love reigns so powerfully as in love; and one is always more ready to sacrifice the peace of the loved one than to lose one's own.

263   What we call generosity is often but the vanity of giving, which we like more than that we give away.

264   Pity is often a reflection of our own ills in the ills of others; it is a wise foresight of the misfortunes that could possibly befall us. We help others to make sure of their assistance under similar circumstances, and these services which we render are, in reality, benefits we confer on ourselves by anticipation.

265   A narrow mind results in obstinacy, and we do not easily believe what we cannot see.

266   It is a mistake to believe that only violent passions, such as ambition and love, can triumph over the others. Laziness, languishing as she is, does not often fail in being mistress; she usurps authority over all the plans and actions of life, imperceptibly consuming and destroying both passions and virtues.

267   A quickness in believing evil without having sufficiently examined it is the effect of pride and laziness; we wish to find the guilty, and we do not wish to trouble ourselves in examining the crime.

260   La civilité est un désir d'en recevoir, et d'être estimé poli.

261   L'éducation que l'on donne d'ordinaire aux jeunes gens est un second amour-propre qu'on leur inspire.

262   Il n'y a point de passion où l'amour de soi-même règne si puissamment que dans l'amour ; et on est toujours plus disposé à sacrifier le repos de ce qu'on aime qu'à perdre le sien.

263   Ce qu'on nomme libéralité n'est le plus souvent que la vanité de donner, que nous aimons mieux que ce que nous donnons.

264   La pitié est souvent un sentiment de nos propres maux dans les maux d'autrui ; c'est une habile prévoyance des malheurs où nous pouvons tomber ; nous donnons du secours aux autres pour les engager à nous en donner en de semblables occasions, et ces services que nous leur rendons sont, à proprement parler, des biens que nous nous faisons à nous-mêmes par avance.

265   La petitesse de l'esprit fait l'opiniâtreté, et nous ne croyons pas aisément ce qui est au-delà de ce que nous voyons.

266   C'est se tromper que de croire qu'il n'y ait que les violentes passions, comme l'ambition et l'amour, qui puissent triompher des autres. La paresse, toute languissante qu'elle est, ne laisse pas d'en être souvent la maîtresse : elle usurpe sur tous les desseins et sur toutes les actions de la vie ; elle y détruit et y consume insensiblement les passions et les vertus.

267   La promptitude à croire le mal sans l'avoir assez examiné est un effet de l'orgueil et de la paresse : on veut trouver des coupables, et on ne veut pas se donner la peine d'examiner les crimes.

268 We object to judges for the most trivial of interests, and yet we desire our reputation and fame should depend upon the judgement of men, who are all, either from their jealousy or preoccupation or lack of intelligence, ill-disposed towards us. It is only to make them pronounce in our favour that we expose in so many ways our peace of mind and our life.

269 No man is clever enough to know all the evil he does.

270 One honour won is a surety for more to be won.

271 Youth is a continual intoxication: it is the fever of reason.

272 Nothing should so humiliate men who have deserved great praise than the care they still take to show themselves off by little things.

273 There are persons of whom the world approves who have no merit beyond the vices they use in the affairs of life.

274 The charm of novelty is to love as the flower to the fruit: it lends a lustre which is easily lost, but which never returns.

275 Natural goodness, which boasts of being so sensitive, is often stifled by the least interest.

276 Absence extinguishes small passions and increases great ones, as the wind will blow out a candle and blow in a fire.

277 Women often believe that they still love when they do not: the business of an intrigue, the emotional spirit of gallantry, the natural inclination to the pleasure of being loved and the pain of refusing persuade them that they have real passion when they have but flirtation.

268   Nous récusons des juges pour les plus petits intérêts, et nous voulons bien que notre réputation et notre gloire dépendent du jugement des hommes, qui nous sont tous contraires, ou par leur jalousie, ou par leur préoccupation, ou par leur peu de lumière ; et ce n'est que pour les faire prononcer en notre faveur que nous exposons en tant de manières notre repos et notre vie.

269   Il n'y a guère d'homme assez habile pour connaître tout le mal qu'il fait.

270   L'honneur acquis est caution de celui qu'on doit acquérir.

271   La jeunesse est une ivresse continuelle : c'est la fièvre de la raison.

272   Rien ne devrait plus humilier les hommes qui ont mérité de grandes louanges que le soin qu'ils prennent encore de se faire valoir par de petites choses.

273   Il y a des gens qu'on approuve dans le monde, qui n'ont pour tout mérite que les vices qui servent au commerce de la vie.

274   La grâce de la nouveauté est à l'amour ce que la fleur est sur les fruits : elle y donne un lustre qui s'efface aisément, et qui ne revient jamais.

275   Le bon naturel, qui se vante d'être si sensible, est souvent étouffé par le moindre intérêt.

276   L'absence diminue les médiocres passions et augmente les grandes, comme le vent éteint les bougies et allume le feu.

277   Les femmes croient souvent aimer encore qu'elles n'aiment pas : l'occupation d'une intrigue, l'émotion d'esprit que donne la galanterie, la pente naturelle au plaisir d'être aimées et la peine de refuser leur persuadent qu'elles ont de la passion lorsqu'elles n'ont que de la coquetterie.

278   What makes us so often discontented with those who transact business is that they almost always abandon the interest of their friends in the interest of the business, because they wish to have the honour of succeeding in that which they have undertaken.

279   When we exaggerate the tenderness of our friends towards us, it is often less from gratitude than from a desire to exhibit our own merit.

280   The praise we give to newcomers in society often arises from the envy we bear to those who are established.

281   Pride, which inspires, often serves to moderate envy.

282   Some disguised lies represent truth so well that we would judge badly were we not deceived.

283   Sometimes there is not less ability in knowing how to use than in giving good advice.

284   There are wicked people who would be much less dangerous if they were wholly without goodness.

285   Magnanimity is sufficiently defined by its name; nevertheless one can say it is the good sense of pride, the noblest way of receiving praise.

286   It is impossible to love a second time those whom we have really ceased to love.

287   It is not so much the fertility of mind that enables us to find several solutions on the same matter as it is the lack of enlightenment, which makes us stop at everything that presents itself to our imagination, and which prevents us from at first discerning which is the best.

278   Ce qui fait que l'on est souvent mécontent de ceux qui négocient est qu'ils abandonnent presque toujours l'intérêt de leurs amis pour l'intérêt du succès de la négociation, qui devient le leur par l'honneur d'avoir réussi à ce qu'ils avaient entrepris.

279   Quand nous exagérons la tendresse que nos amis ont pour nous, c'est souvent moins par reconnaissance que par le désir de faire juger de notre mérite.

280   L'approbation que l'on donne à ceux qui entrent dans le monde vient souvent de l'envie secrète que l'on porte à ceux qui y sont établis.

281   L'orgueil, qui nous inspire tant d'envie, nous sert souvent aussi à la modérer.

282   Il y a des faussetés déguisées qui représentent si bien la vérité que ce serait mal juger que de ne s'y pas laisser tromper.

283   Il n'y a pas quelquefois moins d'habileté à savoir profiter d'un bon conseil qu'à se bien conseiller soi-même.

284   Il y a des méchants qui seraient moins dangereux s'ils n'avaient aucune bonté.

285   La magnanimité est assez définie par son nom ; néanmoins on pourrait dire que c'est le bon sens de l'orgueil, et la voie la plus noble pour recevoir des louanges.

286   Il est impossible d'aimer une seconde fois ce qu'on a véritablement cessé d'aimer.

287   Ce n'est pas tant la fertilité de l'esprit qui nous fait trouver plusieurs expédients sur une même affaire que c'est le défaut de lumière qui nous fait arrêter à tout ce qui se présente à notre imagination, et qui nous empêche de discerner d'abord ce qui est le meilleur.

288   There are matters and illnesses which at certain times remedies only serve to make worse; true skill consists in knowing when it is dangerous to use them.

289   Affected simplicity is refined imposture.

290   There are more flaws of temperament than of mind.

291   Man's merit, like the crops, has its season.

292   One may say of temper as of many buildings: it has diverse aspects, some agreeable, others disagreeable.

293   Moderation cannot claim the merit of opposing and overcoming ambition; they are never found together. Moderation is the languor and laziness of the soul, ambition its activity and heat.

294   We always like those who admire us; and we do not always like those whom we admire.

295   We are far from knowing all our wishes.

296   It is difficult to love those we do not esteem; but it is no less so to love those whom we esteem much more than ourselves.

297   Bodily humours have a common course and rule which imperceptibly affect our will; they advance in combination and successively exercise a secret empire over us, so that, without our perceiving it, they play a considerable part in all our actions.

298   The gratitude of most men is but a secret desire of receiving greater benefits.

288   Il y a des affaires et des maladies que les remèdes aigrissent en certains temps ; et la grande habileté consiste à connaître quand il est dangereux d'en user.

289   La simplicité affectée est une imposture délicate.

290   Il y a plus de défauts dans l'humeur que dans l'esprit.

291   Le mérite des hommes a sa saison aussi bien que les fruits.

292   On peut dire de l'humeur des hommes, comme de la plupart des bâtiments, qu'elle a diverses faces, les unes agréables, et les autres désagréables.

293   La modération ne peut avoir le mérite de combattre l'ambition et de la soumettre : elles ne se trouvent jamais ensemble. La modération est la langueur et la paresse de l'âme, comme l'ambition en est l'activité et l'ardeur.

294   Nous aimons toujours ceux qui nous admirent ; et nous n'aimons pas toujours ceux que nous admirons.

295   Il s'en faut bien que nous ne connaissions toutes nos volontés.

296   Il est difficile d'aimer ceux que nous n'estimons point ; mais il ne l'est pas moins d'aimer ceux que nous estimons beaucoup plus que nous.

297   Les humeurs du corps ont un cours ordinaire et réglé qui meut et qui tourne imperceptiblement notre volonté ; elles roulent ensemble et exercent successivement un empire secret en nous, de sorte qu'elles ont une part considérable à toutes nos actions, sans que nous le puissions connaître.

298   La reconnaissance de la plupart des hommes n'est qu'une secrète envie de recevoir de plus grands bienfaits.

299	Almost everyone takes pleasure in discharging small obligations; many people are grateful for the average ones; but there is hardly one who does not show ingratitude for great favours.

300	There are follies as catching as infections.

301	Many people despise possessions, but few know how to give them away.

302	Only in matters of little interest are we usually bold enough not to believe in appearances.

303	Whatever good quality may be imputed to us, we ourselves find nothing new in it.

304	We may forgive those who bore us, but we cannot forgive those whom we bore.

305	Self-interest, which is accused of all our misdeeds, often should be praised for our good deeds.

306	We find very few ungrateful people as long as we are able to confer favours.

307	It is as proper to be proud privately as it is ridiculous to be so in company.

308	Moderation is made a virtue to limit the ambition of great men, and to console ordinary people for their small fortune and equally small merit.

309	There are persons fated to be fools, who commit follies not only by choice, but who are forced by fortune to do so.

299 Presque tout le monde prend plaisir à s'acquitter des petites obligations ; beaucoup de gens ont de la reconnaissance pour les médiocres ; mais il n'y a quasi personne qui n'ait de l'ingratitude pour les grandes.

300 Il y a des folies qui se prennent comme les maladies contagieuses.

301 Assez de gens méprisent le bien, mais peu savent le donner.

302 Ce n'est d'ordinaire que dans de petits intérêts où nous prenons le hasard de ne pas croire aux apparences.

303 Quelque bien qu'on nous dise de nous, on ne nous apprend rien de nouveau.

304 Nous pardonnons souvent à ceux qui nous ennuient, mais nous ne pouvons pardonner à ceux que nous ennuyons.

305 L'intérêt, que l'on accuse de tous nos crimes, mérite souvent d'être loué de nos bonnes actions.

306 On ne trouve guère d'ingrats tant qu'on est en état de faire du bien.

307 Il est aussi honnête d'être glorieux avec soi-même qu'il est ridicule de l'être avec les autres.

308 On a fait une vertu de la modération pour borner l'ambition des grands hommes, et pour consoler les gens médiocres de leur peu de fortune, et de leur peu de mérite.

309 Il y a des gens destinés à être sots, qui ne font pas seulement des sottises par leur choix, mais que la fortune même contraint d'en faire.

310   Sometimes there are accidents in our life the skilful extrication from which demands a little folly.

311   If there are men whose ridiculous side has never appeared, it is because it has never been closely looked for.

312   Lovers are never tired of each other, because they are always talking about themselves

313   How is it that our memory is good enough to retain the least triviality that happens to us, and yet not good enough to recollect how often we have told it to the same person?

314   The extreme delight we take in talking of ourselves should warn us that it is not shared by those who listen.

315   What commonly hinders us from showing the recesses of our heart to our friends is not the distrust we have of them, but that we have of ourselves.

316   Weak persons cannot be sincere.

317   It is no great misfortune to oblige an ungrateful man, but it is unbearable to be obliged by a scoundrel.

318   We may find means to cure a fool of his folly, but none to set straight a cross-grained spirit.

319   If we take the liberty to dwell on their faults, we cannot long preserve the feelings we should hold towards our friends and benefactors.

310   Il arrive quelquefois des accidents dans la vie d'où il faut être un peu fou pour se bien tirer.

311   S'il y a des hommes dont le ridicule n'ait jamais paru, c'est qu'on ne l'a pas bien cherché.

312   Ce qui fait que les amants et les maîtresses ne s'ennuient point d'être ensemble, c'est qu'ils parlent toujours d'eux-mêmes.

313   Pourquoi faut-il que nous ayons assez de mémoire pour retenir jusqu'aux moindres particularités de ce qui nous est arrivé, et que nous n'en ayons pas assez pour nous souvenir combien de fois nous les avons contées à une même personne ?

314   L'extrême plaisir que nous prenons à parler de nous-mêmes nous doit faire craindre de n'en donner guère à ceux qui nous écoutent.

315   Ce qui nous empêche d'ordinaire de faire voir le fond de notre cœur à nos amis n'est pas tant la défiance que nous avons d'eux que celle que nous avons de nous-mêmes.

316   Les personnes faibles ne peuvent être sincères.

317   Ce n'est pas un grand malheur d'obliger des ingrats, mais c'en est un insupportable d'être obligé à un malhonnête homme.

318   On trouve des moyens pour guérir de la folie, mais on n'en trouve point pour redresser un esprit de travers.

319   On ne saurait conserver longtemps les sentiments qu'on doit avoir pour ses amis et pour ses bienfaiteurs si on se laisse la liberté de parler souvent de leurs défauts.

320   To praise princes for virtues they do not possess is but to insult them with impunity.

321   We are closer to loving those who hate us than those who love us more than we desire.

322   Only those who are despicable fear being despised.

323   Our wisdom is no less at the mercy of fortune than our possessions.

324   There is more self-love than love in jealousy.

325   Through weakness, we often comfort ourselves of evils for which reason has not the strength to console us.

326   Ridicule dishonours more than dishonour itself.

327   We admit our small faults to persuade others that we don't have great ones.

328   Envy is more irreconcilable than hatred.

329   We sometimes believe we hate flattery, but it is only its method we hate.

330   We pardon in the degree that we love.

331   It is more difficult to be faithful to a mistress when one is happy than when one is ill-treated by her.

332   Women do not know all their powers of flirtation.

320   Louer les princes des vertus qu'ils n'ont pas, c'est leur dire impunément des injures.

321   Nous sommes plus près d'aimer ceux qui nous haïssent que ceux qui nous aiment plus que nous ne voulons.

322   Il n'y a que ceux qui sont méprisables qui craignent d'être méprisés.

323   Notre sagesse n'est pas moins à la merci de la fortune que nos biens.

324   Il y a dans la jalousie plus d'amour-propre que d'amour.

325   Nous nous consolons souvent par faiblesse des maux dont la raison n'a pas la force de nous consoler.

326   Le ridicule déshonore plus que le déshonneur.

327   Nous n'avouons de petits défauts que pour persuader que nous n'en avons pas de grands.

328   L'envie est plus irréconciliable que la haine.

329   On croit quelquefois haïr la flatterie, mais on ne hait que la manière de flatter.

330   On pardonne tant que l'on aime.

331   Il est plus difficile d'être fidèle à sa maîtresse quand on est heureux que quand on en est maltraité.

332   Les femmes ne connaissent pas toute leur coquetterie.

333   Women cannot be completely severe without aversion.

334   Women can less easily resign flirtations than love.

335   In love, deceit almost always goes further than mistrust.

336   There is a kind of love, the excess of which forbids jealousy.

337   Certain good qualities are like the senses: those who are entirely deprived of them cannot perceive nor understand them.

338   When our hatred is too bitter, it places us below those whom we hate.

339   We only appreciate our good and bad fortune in proportion to our self-love.

340   The wit of most women rather strengthens their folly than their reason.

341   The heat of youth is not more opposed to salvation than the indifference of old age.

342   The accent of our birthplace dwells in our heart and mind, as it does in our speech.

343   To be a great man, you have to know how to take advantage of fortune.

344   Most men, like plants, possess hidden qualities which chance discloses.

333   Les femmes n'ont point de sévérité complète sans aversion.

334   Les femmes peuvent moins surmonter leur coquetterie que leur passion.

335   Dans l'amour, la tromperie va presque toujours plus loin que la méfiance.

336   Il y a une certaine sorte d'amour dont l'excès empêche la jalousie.

337   Il est de certaines bonnes qualités comme des sens : ceux qui en sont entièrement privés ne les peuvent apercevoir ni les comprendre.

338   Lorsque notre haine est trop vive, elle nous met au-dessous de ceux que nous haïssons.

339   Nous ne ressentons nos biens et nos maux qu'à proportion de notre amour-propre.

340   L'esprit de la plupart des femmes sert plus à fortifier leur folie que leur raison.

341   Les passions de la jeunesse ne sont guère plus opposées au salut que la tiédeur des vieilles gens.

342   L'accent du pays où l'on est né demeure dans l'esprit et dans le cœur, comme dans le langage.

343   Pour être un grand homme, il faut savoir profiter de toute sa fortune.

344   La plupart des hommes ont, comme les plantes, des propriétés cachées que le hasard fait découvrir.

345   Circumstances make us known to others, and still more to ourselves.

346   If it does not suit her temperament, there can be no rule in a woman's mind or heart.

347   We hardly find any sensible persons, save those who agree with us.

348   When one loves, one often doubts what one most believes.

349   The greatest miracle of love is to cure flirtation.

350   Why we hate with so much bitterness those who deceive us is because they think themselves cleverer than we are.

351   We have much trouble to break with someone, when we no longer are in love.

352   We are almost always bored with persons with whom it is not permissible to be bored.

353   A gentleman may love like a mad man, but not like a dumb one.

354   There are certain faults which, properly displayed, glitter brighter than virtue itself.

355   Sometimes we lose people for whose loss our regret is greater than our grief, and others for whom our grief is greater than our regret.

356   Usually we only praise heartily those who admire us.

345 Les occasions nous font connaître aux autres, et encore plus à nous-mêmes.

346 Il ne peut y avoir de règle dans l'esprit ni dans le cœur des femmes, si le tempérament n'en est d'accord.

347 Nous ne trouvons guère de gens de bon sens, que ceux qui sont de notre avis.

348 Quand on aime, on doute souvent de ce qu'on croit le plus.

349 Le plus grand miracle de l'amour, c'est de guérir de la coquetterie.

350 Ce qui nous donne tant d'aigreur contre ceux qui nous font des finesses, c'est qu'ils croient être plus habiles que nous.

351 On a bien de la peine à rompre, quand on ne s'aime plus.

352 On s'ennuie presque toujours avec les gens avec qui il n'est pas permis de s'ennuyer.

353 Un honnête homme peut être amoureux comme un fou, mais non pas comme un sot.

354 Il y a de certains défauts qui, bien mis en œuvre, brillent plus que la vertu même.

355 On perd quelquefois des personnes qu'on regrette plus qu'on n'en est affligé ; et d'autres dont on est affligé, et qu'on ne regrette guère.

356 Nous ne louons d'ordinaire de bon cœur que ceux qui nous admirent.

357   Little minds are too much wounded by little things; great minds see all such things and are not even hurt.

358   Humility is the true proof of Christian virtues: without it we retain all our faults, and they are only covered by pride, which hides them from others, and often from ourselves.

359   Infidelities should extinguish love, and we ought not to be jealous when we have cause to be so. Only those who avoid giving cause for jealousy are worthy of exciting it.

360   We are more humiliated by the least infidelity towards us than by our greatest towards others.

361   Jealousy is always born along with love, but does not always die with it.

362   Most women do not mourn the death of their lovers so much for having loved them as to appear more worthy of being loved.

363   Injuries done to us often give us less pain than those we do to ourselves.

364   It is well known that one should not talk about one's wife, but it is not so well known that one should talk even less about oneself.

365   There are virtues which degenerate into faults when they arise from nature, and others which when acquired are never perfect. For example, reason must teach us to manage our possessions and our confidence, while nature must give us goodness and valour.

357   Les petits esprits sont trop blessés des petites choses ; les grands esprits les voient toutes, et n'en sont point blessés.

358   L'humilité est la véritable preuve des vertus chrétiennes : sans elle, nous conservons tous nos défauts, et ils sont seulement couverts par l'orgueil, qui les cache aux autres, et souvent à nous-mêmes.

359   Les infidélités devraient éteindre l'amour, et il ne faudrait point être jaloux quand on a sujet de l'être. Il n'y a que les personnes qui évitent de donner de la jalousie qui soient dignes qu'on en ait pour elles.

360   On se décrie beaucoup plus auprès de nous par les moindres infidélités qu'on nous fait que par les plus grandes qu'on fait aux autres.

361   La jalousie naît toujours avec l'amour, mais elle ne meurt pas toujours avec lui.

362   La plupart des femmes ne pleurent pas tant la mort de leurs amants pour les avoir aimés que pour paraître plus dignes d'être aimées.

363   Les violences qu'on nous fait nous font souvent moins de peine que celles que nous nous faisons à nous-mêmes.

364   On sait assez qu'il ne faut guère parler de sa femme, mais on ne sait pas assez qu'on devrait encore moins parler de soi.

365   Il y a de bonnes qualités qui dégénèrent en défauts quand elles sont naturelles, et d'autres qui ne sont jamais parfaites quand elles sont acquises. Il faut, par exemple, que la raison nous fasse ménagers de notre bien et de notre confiance ; et il faut, au contraire, que la nature nous donne la bonté et la valeur.

366   However we distrust the sincerity of those whom we talk with, we always believe them more sincere with us than with others.

367   There are few virtuous women who are not tired of their part.

368   Most honest women are hidden treasures, which are only safe because they are not sought.

369   The violence we put upon ourselves to escape love is often more cruel than the cruelty of those we love.

370   There are not many cowards who consistently know the whole of their fear.

371   It is generally the fault of the loved one not to perceive when he is no longer loved.

372   Most young people think they are being natural when they are just being rude and ill-mannered.

373   Some tears, after having deceived others, deceive ourselves.

374   If we think we love a woman for her own sake, we are greatly deceived.

375   Ordinary men commonly condemn everything that passes their grasp.

376   Envy is destroyed by true friendship, flirtation by true love.

377   The greatest mistake of insight is not to have fallen short, but to have gone too far.

366   Quelque défiance que nous ayons de la sincérité de ceux qui nous parlent, nous croyons toujours qu'ils nous disent plus vrai qu'aux autres.

367   Il y a peu d'honnêtes femmes qui ne soient lasses de leur métier.

368   La plupart des honnêtes femmes sont des trésors cachés, qui ne sont en sûreté que parce qu'on ne les cherche pas.

369   Les violences qu'on se fait pour s'empêcher d'aimer sont souvent plus cruelles que les rigueurs de ce qu'on aime.

370   Il n'y a guère de poltrons qui connaissent toujours toute leur peur.

371   C'est presque toujours la faute de celui qui aime de ne pas connaître quand on cesse de l'aimer.

372   La plupart des jeunes gens croient être naturels lorsqu'ils ne sont que mal polis et grossiers.

373   Il y a de certaines larmes qui nous trompent souvent nous-mêmes, après avoir trompé les autres.

374   Si on croit aimer sa maîtresse pour l'amour d'elle, on est bien trompé.

375   Les esprits médiocres condamnent d'ordinaire tout ce qui passe leur portée.

376   L'envie est détruite par la véritable amitié, et la coquetterie par le véritable amour.

377   Le plus grand défaut de la pénétration n'est pas de n'aller point jusqu'au but, c'est de le passer.

378   We give advice, but we do not inspire people's conduct.

379   As our merit declines, so also does our taste.

380   Fortune makes visible our virtues and vices, as light does objects.

381   The struggle we undergo to remain faithful to one we love is little better than infidelity.

382   Our actions are like rhyming words, which everyone can adapt to mean whatever they like.

383   The desire of talking about ourselves, and of putting our faults in the light we wish them to be seen, forms a large part of our sincerity.

384   We should only be astonished at still being capable of astonishment.

385   It is almost as difficult to be contented when one loves too much as when one does not love much anymore.

386   No people are more often wrong than those who cannot bear being wrong.

387   A fool does not have enough substance to be good.

388   If vanity does not overthrow all virtues, at the very least it shakes them all.

389   What makes the vanity of others intolerable is that it wounds our own.

378　On donne des conseils, mais on n'inspire point de conduite.

379　Quand notre mérite baisse, notre goût baisse aussi.

380　La fortune fait paraître nos vertus et nos vices, comme la lumière fait paraître les objets.

381　La violence qu'on se fait pour demeurer fidèle à ce qu'on aime ne vaut guère mieux qu'une infidélité.

382　Nos actions sont comme les bouts-rimés, que chacun fait rapporter à ce qu'il lui plaît.

383　L'envie de parler de nous, et de faire voir nos défauts du côté que nous voulons bien les montrer, fait une grande partie de notre sincérité.

384　On ne devrait s'étonner que de pouvoir encore s'étonner.

385　On est presque également difficile à contenter quand on a beaucoup d'amour et quand on n'en a plus guère.

386　Il n'y a point de gens qui aient plus souvent tort que ceux qui ne peuvent souffrir d'en avoir.

387　Un sot n'a pas assez d'étoffe pour être bon.

388　Si la vanité ne renverse pas entièrement les vertus, du moins elle les ébranle toutes.

389　Ce qui nous rend la vanité des autres insupportable, c'est qu'elle blesse la nôtre.

390   We more easily give up our interest than our taste.

391   Fortune appears so blind to none as to those to whom she has done no good.

392   We should manage fortune like our health: enjoy it when it is good, be patient when it is bad, and never resort to strong remedies but in an extremity.

393   Middle-class appearance may disappear in the army, never in the court.

394   One can be cleverer than another, but not than all others.

395   We are sometimes less unhappy to be deceived than to be disillusioned by one we loved.

396   We keep our first lover for a long time when we do not get a second one.

397   We do not have the courage to say, as a general principle, that we have no faults and that our enemies have no good qualities; but, when it comes to details, we are not far from believing so.

398   Of all our faults, that which we most readily admit is laziness. We persuade ourselves that it is associated with all peaceful virtues and that, instead of entirely destroying the others, it only suspends their operation.

399   There is a kind of greatness which does not depend upon fortune. It is a certain manner which distinguishes us, and which seems to destine us for great things; it is the value we insensibly set upon ourselves. It is by this quality that we gain the deference of other men, and it is this which commonly raises us more above them than birth, rank, or even merit itself.

390   On renonce plus aisément à son intérêt qu'à son goût.

391   La fortune ne paraît jamais si aveugle qu'à ceux à qui elle ne fait pas de bien.

392   Il faut gouverner la fortune comme la santé : en jouir quand elle est bonne, prendre patience quand elle est mauvaise, et ne faire jamais de grands remèdes sans un extrême besoin.

393   L'air bourgeois se perd quelquefois à l'armée, mais il ne se perd jamais à la cour.

394   On peut être plus fin qu'un autre, mais non pas plus fin que tous les autres.

395   On est quelquefois moins malheureux d'être trompé de ce qu'on aime que d'en être détrompé.

396   On garde longtemps son premier amant, quand on n'en prend point de second.

397   Nous n'avons pas le courage de dire, en général, que nous n'avons point de défauts et que nos ennemis n'ont point de bonnes qualités ; mais, en détail, nous ne sommes pas trop éloignés de le croire.

398   De tous nos défauts, celui dont nous demeurons le plus aisément d'accord, c'est de la paresse : nous nous persuadons qu'elle tient à toutes les vertus paisibles et que, sans détruire entièrement les autres, elle en suspend seulement les fonctions.

399   Il y a une élévation qui ne dépend point de la fortune : c'est un certain air qui nous distingue et qui semble nous destiner aux grandes choses ; c'est un prix que nous nous donnons imperceptiblement à nous-mêmes ; c'est par cette qualité que nous usurpons les déférences des autres hommes, et c'est elle d'ordinaire qui nous met plus au-dessus d'eux que la naissance, les dignités, et le mérite même.

400   There may be talent without position, but there is no position without some kind of talent.

401   Rank is to merit what adornment is to beautiful people.

402   What is least often found in flirtation is love.

403   Fortune sometimes uses our faults for our advancement, and there are tiresome people whose merits would be ill-rewarded if we did not desire to purchase their absence.

404   It appears that nature has hidden in the depths of our minds talents and skills unknown to us. Passions alone have the power to bring them to light, and sometimes give us views more assured and more complete than art could possibly do.

405   We reach the different stages of life as novices, and in these situations we often lack experience, despite our many years.

406   Flirts make it a point of honour to be jealous of their lovers, so as to conceal that they are envious of other women.

407   We do not consider those who fall into the traps we set for them as ridiculous as we appear to ourselves when trapped by the tricks of others.

408   The most dangerous folly of old persons who have been attractive is to forget that they are no longer so.

409   We would often be ashamed of our very best actions if the world only saw the motives which caused them.

400	Il y a du mérite sans élévation, mais il n'y a point d'élévation sans quelque mérite.

401	L'élévation est au mérite ce que la parure est aux belles personnes.

402	Ce qui se trouve le moins dans la galanterie, c'est de l'amour.

403	La fortune se sert quelquefois de nos défauts pour nous élever, et il y a des gens incommodes dont le mérite serait mal récompensé si on ne voulait acheter leur absence.

404	Il semble que la nature ait caché dans le fond de notre esprit des talents et une habileté que nous ne connaissons pas ; les passions seules ont le droit de les mettre au jour, et de nous donner quelquefois des vues plus certaines et plus achevées que l'art ne saurait faire.

405	Nous arrivons tout nouveaux aux divers âges de la vie, et nous y manquons souvent d'expérience, malgré le nombre des années.

406	Les coquettes se font honneur d'être jalouses de leurs amants, pour cacher qu'elles sont envieuses des autres femmes.

407	Il s'en faut bien que ceux qui s'attrapent à nos finesses ne nous paraissent aussi ridicules que nous nous le paraissons à nous-mêmes quand les finesses des autres nous ont attrapés.

408	Le plus dangereux ridicule des vieilles personnes qui ont été aimables, c'est d'oublier qu'elles ne le sont plus.

409	Nous aurions souvent honte de nos plus belles actions si le monde voyait tous les motifs qui les produisent.

410   The most difficult undertaking in friendship is not to show our faults to a friend, it is to make him see his own.

411   We have few faults which are not far more excusable than the means we adopt to hide them.

412   Whatever shame we have earned, it is almost always in our power to recover our reputation.

413   A man cannot be pleasing for very long who has only one kind of wit.

414   Idiots and lunatics see only in the light of their passing emotions.

415   Our wits sometimes enable us to do foolish things boldly.

416   The vivacity which increases in old age is not far removed from folly.

417   In love, the one who is cured first is always the best cured.

418   Young women who do not want to appear flirts, and old men who do not want to appear ridiculous, should not talk of love as a matter wherein they can have any interest.

419   We may seem great in a position beneath our capacity, but we more often seem small in a position above it.

420   We often believe we have constancy in misfortune when we are merely downhearted, and we suffer misfortunes without regarding them, as cowards who let themselves be killed from fear of defending themselves.

421   Trust contributes more to conversation than wit.

410   Le plus grand effort de l'amitié n'est pas de montrer nos défauts à un ami ; c'est de lui faire voir les siens.

411   On n'a guère de défauts qui ne soient plus pardonnables que les moyens dont on se sert pour les cacher.

412   Quelque honte que nous ayons méritée, il est presque toujours en notre pouvoir de rétablir notre réputation.

413   On ne plaît pas longtemps quand on n'a que d'une sorte d'esprit.

414   Les fous et les sottes gens ne voient que par leur humeur.

415   L'esprit nous sert quelquefois à faire hardiment des sottises.

416   La vivacité qui augmente en vieillissant ne va pas loin de la folie.

417   En amour, celui qui est guéri le premier est toujours le mieux guéri.

418   Les jeunes femmes qui ne veulent point paraître coquettes, et les hommes d'un âge avancé qui ne veulent pas être ridicules, ne doivent jamais parler de l'amour comme d'une chose où ils puissent avoir part.

419   Nous pouvons paraître grands dans un emploi au-dessous de notre mérite, mais nous paraissons souvent petits dans un emploi plus grand que nous.

420   Nous croyons souvent avoir de la constance dans les malheurs lorsque nous n'avons que de l'abattement, et nous les souffrons sans oser les regarder, comme les poltrons se laissent tuer de peur de se défendre.

421   La confiance fournit plus à la conversation que l'esprit.

422 All passions cause us to make mistakes, but love leads us to make the most ridiculous ones.

423 Few people know how to be old.

424 We pride ourselves on the opposite faults to those we have: when weak, we boast of our obstinacy.

425 Insight has a quality of divination in it which tickles our vanity more than any other quality of the mind.

426 The charm of novelty and old habit, however opposite to each other, equally blind us to the faults of our friends.

427 Most friends put us off friendship, most pious people put us off piety.

428 We easily forgive in our friends those faults which do not affect us.

429 Women in love pardon more readily great indiscretions than little infidelities.

430 In the old age of love, as in that of life, we still survive for pains, but no longer for pleasures.

431 Nothing prevents our being natural as much as our desire to appear so.

432 To praise good actions heartily is in some measure to take credit for them.

422 Toutes les passions nous font faire des fautes, mais l'amour nous en fait faire de plus ridicules.

423 Peu de gens savent être vieux.

424 Nous nous faisons honneur des défauts opposés à ceux que nous avons : quand nous sommes faibles, nous nous vantons d'être opiniâtres.

425 La pénétration a un air de deviner qui flatte plus notre vanité que toutes les autres qualités de l'esprit.

426 La grâce de la nouveauté et la longue habitude, quelque opposées qu'elles soient, nous empêchent également de sentir les défauts de nos amis.

427 La plupart des amis dégoûtent de l'amitié, et la plupart des dévots dégoûtent de la dévotion.

428 Nous pardonnons aisément à nos amis les défauts qui ne nous regardent pas.

429 Les femmes qui aiment pardonnent plus aisément les grandes indiscrétions que les petites infidélités.

430 Dans la vieillesse de l'amour, comme dans celle de l'âge, on vit encore pour les maux, mais on ne vit plus pour les plaisirs.

431 Rien n'empêche tant d'être naturel que l'envie de le paraître.

432 C'est en quelque sorte se donner part aux belles actions que de les louer de bon cœur.

433   The most certain sign of being born with great qualities is to be born without envy.

434   When our friends have deceived us, we owe them but indifference to the tokens of their friendship, yet for their misfortunes we always owe them pity.

435   Chance and temper rule the world.

436   It is easier to know man in general than to understand one man in particular.

437   We should not judge of a man's merit by his great abilities, but by the use he makes of them.

438   There is a certain lively gratitude which not only releases us from benefits received, but which also, by making a return to our friends as payment, renders them indebted to us.

439   We would not eagerly desire many things if we knew perfectly what we desired.

440   The reason why the majority of women are so little given to friendship is that it is insipid after having felt love.

441   In friendship, as in love, we are often happier from ignorance than from knowledge.

442   We try to make a virtue of vices we are unwilling to correct.

433   La plus véritable marque d'être né avec de grandes qualités, c'est d'être né sans envie.

434   Quand nos amis nous ont trompés, on ne doit que de l'indifférence aux marques de leur amitié, mais on doit toujours de la sensibilité à leurs malheurs.

435   La fortune et l'humeur gouvernent le monde.

436   Il est plus aisé de connaître l'homme en général que de connaître un homme en particulier.

437   On ne doit pas juger du mérite d'un homme par ses grandes qualités, mais par l'usage qu'il en sait faire.

438   Il y a une certaine reconnaissance vive qui ne nous acquitte pas seulement des bienfaits que nous avons reçus, mais qui fait même que nos amis nous doivent en leur payant ce que nous leur devons.

439   Nous ne désirerions guère de choses avec ardeur si nous connaissions parfaitement ce que nous désirons.

440   Ce qui fait que la plupart des femmes sont peu touchées de l'amitié, c'est qu'elle est fade quand on a senti de l'amour.

441   Dans l'amitié, comme dans l'amour, on est souvent plus heureux par les choses qu'on ignore que par celles que l'on sait.

442   Nous essayons de nous faire honneur des défauts que nous ne voulons pas corriger.

443 The most violent passions give some respite, but vanity always stirs us.

444 Old fools are more foolish than young ones.

445 Weakness is more hostile to virtue than vice.

446 What makes the grief of shame and jealousy so acute is that vanity cannot aid us in enduring them.

447 Decorum is the least of all laws, but the most obeyed.

448 An upright mind has less trouble submitting to wayward minds than leading them.

449 When fortune surprises us by giving us some great office without having gradually led us to it, or without our having hoped for it, it is almost impossible to occupy it appropriately and to appear worthy to fill it.

450 Our pride is often increased by what we subtract from our other faults.

451 There are no fools so wearisome as those who have some brains.

452 No one believes that, in every respect, he is inferior to the man he esteems most of all.

453 In great matters, we should not try so much to create opportunities as to utilise those that offer themselves.

443   Les passions les plus violentes nous laissent quelquefois du relâche, mais la vanité nous agite toujours.

444   Les vieux fous sont plus fous que les jeunes.

445   La faiblesse est plus opposée à la vertu que le vice.

446   Ce qui rend les douleurs de la honte et de la jalousie si aiguës, c'est que la vanité ne peut servir à les supporter.

447   La bienséance est la moindre de toutes les lois, et la plus suivie.

448   Un esprit droit a moins de peine de se soumettre aux esprits de travers que de les conduire.

449   Lorsque la fortune nous surprend en nous donnant une grande place sans nous y avoir conduits par degrés, ou sans que nous nous y soyons élevés par nos espérances, il est presque impossible de s'y bien soutenir et de paraître digne de l'occuper.

450   Notre orgueil s'augmente souvent de ce que nous retranchons de nos autres défauts.

451   Il n'y a point de sots si incommodes que ceux qui ont de l'esprit.

452   Il n'y a point d'homme qui se croie, en chacune de ses qualités, au-dessous de l'homme du monde qu'il estime le plus.

453   Dans les grandes affaires, on doit moins s'appliquer à faire naître des occasions qu'à profiter de celles qui se présentent.

454	There are few occasions when we should make a bad bargain by giving up the good people say of us, on condition that no ill was said either.

455	Whatever inclination the world may have to misjudge, it still more often favours false merit rather than doing injustice to true merit.

456	Sometimes we meet a fool with wit, never one with judgement.

457	We should gain more by letting the world see what we are than by trying to seem what we are not.

458	Our enemies come nearer the truth in the opinions they form of us than we do in our opinion of ourselves.

459	There are many remedies to cure love, yet none are infallible.

460	We are far from knowing all that our passions make us do.

461	Old age is a tyrant who forbids, on pain of death, all the pleasures of youth.

462	The same pride which makes us blame faults we believe we are free of, causes us to despise the good qualities we have not.

463	There is often more pride than goodness in our grief for the misfortunes of our enemies: it is to show how superior we are to them that we bestow on them the sign of our compassion.

464	There exists an excess of goods and evils which surpasses our sensitivity.

454   Il n'y a guère d'occasion où l'on fît un méchant marché de renoncer au bien qu'on dit de nous à condition de n'en dire point de mal.

455   Quelque disposition qu'ait le monde à mal juger, il fait encore plus souvent grâce au faux mérite qu'il ne fait injustice au véritable.

456   On est quelquefois un sot avec de l'esprit, mais on ne l'est jamais avec du jugement.

457   Nous gagnerions plus de nous laisser voir tels que nous sommes que d'essayer de paraître ce que nous ne sommes pas.

458   Nos ennemis approchent plus de la vérité dans les jugements qu'ils font de nous que nous n'en approchons nous-mêmes.

459   Il y a plusieurs remèdes qui guérissent de l'amour, mais il n'y en a point d'infaillibles.

460   Il s'en faut bien que nous connaissions tout ce que nos passions nous font faire.

461   La vieillesse est un tyran qui défend, sur peine de la vie, tous les plaisirs de la jeunesse.

462   Le même orgueil qui nous fait blâmer les défauts dont nous nous croyons exempts nous porte à mépriser les bonnes qualités que nous n'avons pas.

463   Il y a souvent plus d'orgueil que de bonté à plaindre les malheurs de nos ennemis : c'est pour leur faire sentir que nous sommes au-dessus d'eux que nous leur donnons des marques de compassion.

464   Il y a un excès de biens et de maux qui passe notre sensibilité.

465   Innocence is far from finding the same protection as crime.

466   Of all violent passions, the one that suits women best is love.

467   Vanity makes us offend our taste more frequently than reason.

468   Some bad qualities form great talents.

469   We never desire earnestly what we desire by reason alone.

470   All our qualities, whether good or bad, are uncertain and dubious, and nearly all are creatures of opportunity.

471   In their first passions, women love their lover; in all the others, they are in love with love.

472   Pride, as the other passions, has its follies: we are ashamed to own we are jealous, and yet we pride ourselves in having been and being able to be so.

473   However rare true love is, true friendship is rarer.

474   There are few women whose merit outlives their beauty.

475   The desire to be pitied or to be admired is usually the main reason for our confiding in people.

476   Our envy always lasts longer than the happiness of those we envy.

465   Il s'en faut bien que l'innocence ne trouve autant de protection que le crime.

466   De toutes les passions violentes, celle qui sied le moins mal aux femmes, c'est l'amour.

467   La vanité nous fait faire plus de choses contre notre goût que la raison.

468   Il y a de méchantes qualités qui font de grands talents.

469   On ne souhaite jamais ardemment ce qu'on ne souhaite que par raison.

470   Toutes nos qualités sont incertaines et douteuses, en bien comme en mal, et elles sont presque toutes à la merci des occasions.

471   Dans les premières passions, les femmes aiment l'amant ; et dans les autres, elles aiment l'amour.

472   L'orgueil a ses bizarreries, comme les autres passions : on a honte d'avouer que l'on ait de la jalousie, et on se fait honneur d'en avoir eu, et d'être capable d'en avoir.

473   Quelque rare que soit le véritable amour, il l'est encore moins que la véritable amitié.

474   Il y a peu de femmes dont le mérite dure plus que la beauté.

475   L'envie d'être plaint ou d'être admiré fait souvent la plus grande partie de notre confiance.

476   Notre envie dure toujours plus longtemps que le bonheur de ceux que nous envions.

477   The very strength of character that helps us resist love also helps that love to become passionate and enduring, and weak people, who are constantly aroused by passion, are almost never truly imbued with it.

478   Imagination does not enable us to invent so many different contradictions as there are by nature in every heart.

479   It is only people who possess firmness who can possess true gentleness; in those who appear gentle, it is generally only weakness, which is readily converted into bitterness.

480   Timidity is a fault which is dangerous to blame on those we desire to cure of it.

481   Nothing is rarer than true goodness: those who think they possess it are usually only complacent or weak.

482   The mind attaches itself by laziness and habit to whatever is easy or pleasant. this habit always places bounds to our knowledge, and no one has ever yet taken the pains to enlarge and expand his mind to the full extent of its capacities.

483   Usually we are more slanderous out of vanity than malice.

484   When the heart is still troubled by the relics of a passion, it is closer to taking up a new one than when wholly cured.

485   Those who have experienced great passions find themselves, all through their lives, both happy and unhappy to be cured of them.

486   There are still more people without self-interest than without envy.

477   La même fermeté qui sert à résister à l'amour sert aussi à le rendre violent et durable ; et les personnes faibles, qui sont toujours agitées des passions, n'en sont presque jamais véritablement remplies.

478   L'imagination ne saurait inventer tant de diverses contrariétés qu'il y en a naturellement dans le cœur de chaque personne.

479   Il n'y a que les personnes qui ont de la fermeté qui puissent avoir une véritable douceur : celles qui paraissent douces n'ont d'ordinaire que de la faiblesse, qui se convertit aisément en aigreur.

480   La timidité est un défaut dont il est dangereux de reprendre les personnes qu'on en veut corriger.

481   Rien n'est plus rare que la véritable bonté : ceux mêmes qui croient en avoir n'ont d'ordinaire que de la complaisance ou de la faiblesse.

482   L'esprit s'attache par paresse et par constance à ce qui lui est facile ou agréable ; cette habitude met toujours des bornes à nos connaissances, et jamais personne ne s'est donné la peine d'étendre et de conduire son esprit aussi loin qu'il pourrait aller.

483   On est d'ordinaire plus médisant par vanité que par malice.

484   Quand on a le cœur encore agité par les restes d'une passion, on est plus près d'en prendre une nouvelle que quand on est entièrement guéri.

485   Ceux qui ont eu de grandes passions se trouvent, toute leur vie, heureux et malheureux d'en être guéris.

486   Il y a encore plus de gens sans intérêt que sans envie.

487   We are lazier in the mind than in the body.

488   The calmness or restlessness of our minds depends not so much on what we consider to be the most important events in our lives, as on a convenient or annoying arrangement of the little things of daily occurrence.

489   However wicked men may be, they do not dare openly to appear the enemies of virtue. And when they desire to persecute it, they either pretend to believe it false or attribute crimes to it.

490   We often go from love to ambition, but we seldom return from ambition to love.

491   Extreme avarice is nearly always mistaken. There is no passion which is more often further away from its mark, nor upon which the present has so much power to prejudice the future.

492   Avarice often produces opposite results: countless people sacrifice their property to doubtful and distant expectations; others disregard great future advantages for small present interests.

493   It appears that men do not find they have enough faults. They increase the number with certain peculiar qualities that they affect to assume, and which they cultivate with such great assiduity that at length they become natural faults which they can no longer correct.

494   What makes us see that men know their faults better than we imagine is that they are never wrong when they speak of their conduct. The same self-love that usually blinds them enlightens them then, and gives them such true views as to make them suppress or disguise the smallest thing that might be disapproved of.

487   Nous avons plus de paresse dans l'esprit que dans le corps.

488   Le calme ou l'agitation de notre humeur ne dépend pas tant de ce qui nous arrive de plus considérable dans la vie que d'un arrangement commode ou désagréable de petites choses qui arrivent tous les jours.

489   Quelque méchants que soient les hommes, ils n'oseraient paraître ennemis de la vertu, et lorsqu'ils la veulent persécuter, ils feignent de croire qu'elle est fausse ou ils lui supposent des crimes.

490   On passe souvent de l'amour à l'ambition, mais on ne revient guère de l'ambition à l'amour.

491   L'extrême avarice se méprend presque toujours : il n'y a point de passion qui s'éloigne plus souvent de son but, ni sur qui le présent ait tant de pouvoir au préjudice de l'avenir.

492   L'avarice produit souvent des effets contraires : il y a un nombre infini de gens qui sacrifient tout leur bien à des espérances douteuses et éloignées ; d'autres méprisent de grands avantages à venir pour de petits intérêts présents.

493   Il semble que les hommes ne se trouvent pas assez de défauts : ils en augmentent encore le nombre par de certaines qualités singulières dont ils affectent de se parer, et ils les cultivent avec tant de soin qu'elles deviennent à la fin des défauts naturels qu'il ne dépend plus d'eux de corriger.

494   Ce qui fait voir que les hommes connaissent mieux leurs fautes qu'on ne pense, c'est qu'ils n'ont jamais tort quand on les entend parler de leur conduite : le même amour-propre qui les aveugle d'ordinaire les éclaire alors, et leur donne des vues si justes qu'il leur fait supprimer ou déguiser les moindres choses qui peuvent être condamnées.

495   Young people entering society should be either shy or scatterbrained: a capable and composed air, on the other hand, usually turns into impertinence.

496   Quarrels would not last long if the fault was only on one side.

497   It is valueless to a woman to be young unless pretty, or to be pretty unless young.

498   Some persons are so frivolous and fickle that they are as far removed from real defects as from substantial qualities.

499   We do not usually count a woman's first love affair until she has had a second.

500   Some people are so self-centered that, when in love, they find a mode by which to be taken up with the passion instead of being so with the person they love.

501   Love, agreeable though it be, pleases more in its ways than in itself.

502   A little wit with righteousness is less annoying, in the long run, than a lot of wit with wrongheadedness.

503   Jealousy is the worst of all ills, yet the one that is least pitied by those who cause it.

504   Thus having treated of the falsity of so many apparent virtues, it is but just to say something on the falsity of the contempt for death. I allude to that contempt for death which the pagans pretend to derive from their own strength, and not from the hope of a better life hereafter. There is a difference between meeting death with courage and despising it; the first is common enough, the last, I think, always feigned. Yet everything possible has been written to persuade us that death is no evil,

495   Il faut que les jeunes gens qui entrent dans le monde soient honteux ou étourdis : un air capable et composé se tourne d'ordinaire en impertinence.

496   Les querelles ne dureraient pas longtemps si le tort n'était que d'un côté.

497   Il ne sert de rien d'être jeune sans être belle, ni d'être belle sans être jeune.

498   Il y a des personnes si légères et si frivoles qu'elles sont aussi éloignées d'avoir de véritables défauts que des qualités solides.

499   On ne compte d'ordinaire la première galanterie des femmes que lorsqu'elles en ont une seconde.

500   Il y a des gens si remplis d'eux-mêmes que, lorsqu'ils sont amoureux, ils trouvent moyen d'être occupés de leur passion sans l'être de la personne qu'ils aiment.

501   L'amour, tout agréable qu'il est, plaît encore plus par les manières dont il se montre que par lui-même.

502   Peu d'esprit avec de la droiture ennuie moins, à la longue, que beaucoup d'esprit avec du travers.

503   La jalousie est le plus grand de tous les maux, et celui qui fait le moins de pitié aux personnes qui le causent.

504   Après avoir parlé de la fausseté de tant de vertus apparentes, il est raisonnable de dire quelque chose de la fausseté du mépris de la mort : j'entends parler de ce mépris de la mort que les païens se vantent de tirer de leurs propres forces, sans l'espérance d'une meilleure vie. Il y a différence entre souffrir la mort constamment et la mépriser : le premier est assez ordinaire, mais je crois que l'autre n'est jamais sincère. On a écrit néanmoins tout ce qui peut le plus

and the weakest of men, equally with the bravest, have given many noble examples on which to found such an opinion. Still, I do not think that any man of good sense ever believed it, and the pains we take to persuade others as well as ourselves amply show that the task is far from easy. We may be disgusted with life for many reasons, but there is no call to despise it; not even those who commit suicide regard it as a light matter, and are as much alarmed and startled as the rest of the world if death meets them in a different way than the one they have selected. The differences we observe in the courage of so great a number of brave men come from the fact that death presents itself to their imagination in different ways, and seems closer to them at one time than at another. Thus it ultimately happens that, having despised death when they were ignorant of it, they dread it when they become acquainted with it. We must avoid considering it with all its surroundings if we do not want to believe that death is the greatest of all evils. The wisest and bravest are those who find the least shameful pretexts to avoid reflecting on it; but every man who sees death in its real light regards it as dreadful. The necessity of dying created all the constancy of philosophers: they thought it but right to go with a good grace when they could not avoid going; and, being unable to prolong their lives indefinitely, nothing remained but to build an immortal reputation, and to save from the general wreck all that could be saved. To put a good face upon it, let it suffice not to say all that we think to ourselves, but rely more on our nature than on our fallible reason, which might make us think we could approach death with indifference. The glory of dying with courage, the hope of being regretted, the desire to leave behind us a good reputation, the assurance of being enfranchised from the miseries of life, and being no longer dependent on the wiles of fortune, are resources which should not be passed over—but we must not regard them as infallible. These things should affect us in the same proportion as a simple hedge affects those who in war storm a fortress: at a distance, they think it may afford cover, but when near, they find it only a feeble protection. It is only deceiving ourselves to imagine that death, when near, will seem the same as at a distance, or that our feelings, which are merely weaknesses, are naturally so strong that they will not suffer in an attack of the rudest of trials. It is also a misunderstanding of the effects of self-love to think that it will enable us to count as

persuader que la mort n'est point un mal, et les hommes les plus faibles, aussi bien que les héros, ont donné mille exemples célèbres pour établir cette opinion ; cependant je doute que personne de bon sens l'ait jamais cru, et la peine que l'on prend pour le persuader aux autres et à soi-même fait assez voir que cette entreprise n'est pas aisée. On peut avoir divers sujets de dégoûts dans la vie, mais on n'a jamais raison de mépriser la mort ; ceux mêmes qui se la donnent volontairement ne la comptent pas pour si peu de chose, et ils s'en étonnent et la rejettent comme les autres lorsqu'elle vient à eux par une autre voie que celle qu'ils ont choisie. L'inégalité que l'on remarque dans le courage d'un nombre infini de vaillants hommes vient de ce que la mort se découvre différemment à leur imagination, et y paraît plus présente en un temps qu'en un autre : ainsi il arrive qu'après avoir méprisé ce qu'ils ne connaissent pas, ils craignent enfin ce qu'ils connaissent. Il faut éviter de l'envisager avec toutes ses circonstances si on ne veut pas croire qu'elle soit le plus grand de tous les maux. Les plus habiles et les plus braves sont ceux qui prennent de plus honnêtes prétextes pour s'empêcher de la considérer ; mais tout homme qui la sait voir telle qu'elle est trouve que c'est une chose épouvantable. La nécessité de mourir faisait toute la constance des philosophes : ils croyaient qu'il fallait aller de bonne grâce où l'on ne saurait s'empêcher d'aller ; et, ne pouvant éterniser leur vie, il n'y avait rien qu'ils ne fissent pour éterniser leur réputation, et sauver du naufrage ce qui n'en peut être garanti. Contentons-nous, pour faire bonne mine, de ne nous pas dire à nous-mêmes tout ce que nous en pensons, et espérons plus de notre tempérament que de ces faibles raisonnements qui nous font croire que nous pouvons approcher de la mort avec indifférence. La gloire de mourir avec fermeté, l'espérance d'être regretté, le désir de laisser une belle réputation, l'assurance d'être affranchi des misères de la vie, et de ne dépendre plus des caprices de la fortune, sont des remèdes qu'on ne doit pas rejeter ; mais on ne doit pas croire aussi qu'ils soient infaillibles. Ils font pour nous assurer ce qu'une simple haie fait souvent à la guerre pour assurer ceux qui doivent approcher d'un lieu d'où l'on tire : quand on en est éloigné, on s'imagine qu'elle peut mettre à couvert ; mais quand on en est proche, on trouve que c'est un faible secours. C'est nous flatter de croire que la mort nous paraisse de près ce que nous en avons jugé de loin, et que nos sentiments, qui ne sont que faiblesse, soient d'une trempe assez forte pour ne point souffrir d'atteinte par la plus rude de toutes les épreuves. C'est aussi mal connaître les effets de l'amour-propre que de penser qu'il puisse nous aider à compter pour

naught what will of necessity destroy it; and reason, in which we trust to find so many resources, will be far too weak in the struggle to persuade us in the way we wish. For it is this which betrays us so frequently, and which, instead of filling us with contempt of death, serves but to show us all that is frightful and fearful. The most reason can do for us is to persuade us to avert our gaze and fix it on other objects. Cato and Brutus each selected noble ones; a lackey, sometime ago, contented himself by dancing on the scaffold when he was about to be broken on the wheel. So, however diverse the motives, they but realize the same result. Thus it is a fact that, whatever difference there may be between great men and common people, we have constantly seen both meet death with the same composure. Still, there is always this difference: that the contempt great men show for death is but the love of fame, which hides death from their sight, and, in common people, it is but the result of their limited vision that hides from them the extent of the evil to come, and leaves them free to reflect on other things.

rien ce qui le doit nécessairement détruire ; et la raison, dans laquelle on croit trouver tant de ressources, est trop faible en cette rencontre pour nous persuader ce que nous voulons ; c'est elle, au contraire, qui nous trahit le plus souvent, et qui, au lieu de nous inspirer le mépris de la mort, sert à nous découvrir ce qu'elle a d'affreux et de terrible ; tout ce qu'elle peut faire pour nous est de nous conseiller d'en détourner les yeux pour les arrêter sur d'autres objets. Caton et Brutus en choisirent d'illustres ; un laquais se contenta, il y a quelque temps, de danser sur l'échafaud où il allait être roué. Ainsi, bien que les motifs soient différents, ils produisent les mêmes effets : de sorte qu'il est vrai que, quelque disproportion qu'il y ait entre les grands hommes et les gens du commun, on a vu mille fois les uns et les autres recevoir la mort d'un même visage ; mais ç'a toujours été avec cette différence que, dans le mépris que les grands hommes font paraître pour la mort, c'est l'amour de la gloire qui leur en ôte la vue, et, dans les gens du commun, ce n'est qu'un effet de leur peu de lumière qui les empêche de connaître la grandeur de leur mal et leur laisse la liberté de penser à autre chose.

Maxims withdrawn by the author

505   Self-love is the love of oneself, and of all things for oneself. It makes men idolaters of themselves, and would make them tyrants of others if fortune gave them the means. Self-love never rests outside itself, and only settles in foreign subjects like bees on flowers, to extract from them its proper food. Nothing is so headstrong as its desires, nothing so well concealed as its designs, nothing so skilful as its management; its suppleness is beyond description. The changes of self-love surpass those of metamorphosis, its refinements those of chemistry. We can neither plumb the depths nor pierce the shades of its recesses; therein it is hidden from the sharpest eyes, therein it takes a thousand imperceptible folds. There it is often to itself invisible; it there conceives, there nourishes and rears, without being aware of it, numberless loves and hatreds, some so monstrous that, when they are brought to light, it disowns them, and cannot resolve to avow them. In the night that envelops it are born the ridiculous persuasions self-love has of itself. Thence come its errors, its ignorance, its silly mistakes; thence it is led to believe that its passions which sleep are dead, and to think that it has lost all appetite for that of which it is sated. But this thick darkness, which conceals it from itself, does not hinder it from seeing what is outside of itself: in this it resembles our eyes, which behold all and yet cannot set their own forms. Indeed, in great concerns and important matters, when the violence of its desires summons all its attention, self-love sees, feels, hears, imagines, suspects, penetrates, divines all, so that we might think that each of its passions has

Maximes supprimées par l'auteur

505 L'amour-propre est l'amour de soi-même, et de toutes choses pour soi ; il rend les hommes idolâtres d'eux-mêmes, et les rendrait les tyrans des autres si la fortune leur en donnait les moyens. Il ne se repose jamais hors de soi, et ne s'arrête dans les sujets étrangers que comme les abeilles sur les fleurs, pour en tirer ce qui lui est propre. Rien n'est si impétueux que ses désirs ; rien de si caché que ses desseins, rien de si habile que ses conduites ; ses souplesses ne se peuvent représenter, ses transformations passent celles des métamorphoses, et ses raffinements ceux de la chimie. On ne peut sonder la profondeur, ni percer les ténèbres de ses abîmes : là il est à couvert des yeux les plus pénétrants ; il y fait mille insensibles tours et retours ; là il est souvent invisible à lui-même ; il y conçoit, il y nourrit, et il y élève, sans le savoir, un grand nombre d'affections et de haines ; il en forme de si monstrueuses que, lorsqu'il les a mises au jour, il les méconnaît, ou il ne peut se résoudre à les avouer. De cette nuit qui le couvre naissent les ridicules persuasions qu'il a de lui-même : de là viennent ses erreurs, ses ignorances, ses grossièretés et ses niaiseries sur son sujet ; de là vient qu'il croit que ses sentiments sont morts lorsqu'ils ne sont qu'endormis, qu'il s'imagine n'avoir plus envie de courir dès qu'il se repose, et qu'il pense avoir perdu tous les goûts qu'il a rassasiés. Mais cette obscurité épaisse, qui le cache à lui-même, n'empêche pas qu'il ne voie parfaitement ce qui est hors de lui : en quoi il est semblable à nos yeux, qui découvrent tout et sont aveugles seulement pour eux-mêmes. En effet, dans ses plus grands intérêts et dans ses plus importantes affaires, où la violence de ses souhaits appelle toute son attention, il voit, il sent, il entend, il imagine, il soupçonne, il pénètre, il devine tout, de sorte qu'on est tenté de croire que chacune de ses passions a

a magic power particular to it. Nothing is so close and strong as the attachments of self-love, which, in sight of the extreme misfortunes which threaten it, it vainly attempts to break. Yet, sometimes it effects (without trouble and quickly) that which it failed to do with its whole power and in the course of years; whence we may fairly conclude that it is by itself that its desires are inflamed, rather than by the beauty and merit of its objects; that its own taste embellishes and heightens them; that it is itself the game it pursues, and that it follows eagerly when it runs after that upon which itself is eager. Self-love is made up of contraries: it is imperious and obedient, sincere and false, piteous and cruel, timid and bold. It has different desires according to the diversity of temperaments, which turn and fix it sometimes upon glory, sometimes upon riches, sometimes on pleasures. Self-love changes according to our age, our fortunes, and our hopes. It does not care whether it has several desires or only one, because it can split itself into many portions, and unite in one as it pleases. It is inconstant and, besides the changes which arise from outside causes, there are countless others arising from within itself. Self-love is inconstant because of inconstancy, because of lightness, love, novelty, lassitude and distaste. It is capricious, and one sees it sometimes work with intense eagerness and with incredible labour to obtain things of little use to it, which are even hurtful, but which it pursues because it wishes for them. Self-love is strange, and often throws its whole application on the utmost frivolities; it finds all its pleasure in the dullest matters, and keeps all its pride in the most contemptible. It is seen in all states of life, and in all conditions; it lives everywhere and upon everything; it subsists on nothing; it accommodates itself either to things or to the loss of them. Self-love goes over to those who are at war with it, enters into their designs and (this is wonderful) it, with them, hates even itself. It conspires for its own loss, it works towards its own ruin. In fact, caring only to exist, and providing that it may be, it will be its own enemy. We must therefore not be surprised if self-love sometimes joins forces with the harshest austerity, and sometimes enters so boldly into partnership with it in order to destroy itself, because when it is rooted out in one place it re-establishes itself in another. When we think it abandons its pleasure, it merely changes or suspends its enjoyment, and even when it is defeated and we think we are rid of it, we find it triumphing in its own defeat. Here then is the picture of self-love, whose whole life is but a great and long agitation. The

une espèce de magie qui lui est propre. Rien n'est si intime et si fort que ses attachements, qu'il essaye de rompre inutilement à la vue des malheurs extrêmes qui le menacent ; cependant, il fait quelquefois en peu de temps, et sans aucun effort, ce qu'il n'a pu faire avec tous ceux dont il est capable dans le cours de plusieurs années ; d'où l'on pourrait conclure assez vraisemblablement que c'est par lui-même que ses désirs sont allumés, plutôt que par la beauté et par le mérite de ses objets ; que son goût est le prix qui les relève et le fard qui les embellit ; que c'est après lui-même qu'il court, et qu'il suit son gré lorsqu'il suit les choses qui sont à son gré. Il est tous les contraires : il est impérieux et obéissant, sincère et dissimulé, miséricordieux et cruel, timide et audacieux. Il a de différentes inclinations, selon la diversité des tempéraments qui le tournent et le dévouent tantôt à la gloire, tantôt aux richesses, et tantôt aux plaisirs ; il en change selon le changement de nos âges, de nos fortunes et de nos expériences, mais il lui est indifférent d'en avoir plusieurs ou de n'en avoir qu'une, parce qu'il se partage en plusieurs et se ramasse en une quand il le faut, et comme il lui plaît. Il est inconstant et, outre les changements qui viennent des causes étrangères, il y en a une infinité qui naissent de lui et de son propre fond ; il est inconstant d'inconstance, de légèreté, d'amour, de nouveauté, de lassitude et de dégoût ; il est capricieux, et on le voit quelquefois travailler avec le dernier empressement, et avec des travaux incroyables, à obtenir des choses qui ne lui sont point avantageuses, et qui même lui sont nuisibles, mais qu'il poursuit parce qu'il les veut. Il est bizarre, et met souvent toute son application dans les emplois les plus frivoles ; il trouve tout son plaisir dans les plus fades, et conserve toute sa fierté dans les plus méprisables. Il est dans tous les états de la vie et dans toutes les conditions ; il vit partout et il vit de tout, il vit de rien ; il s'accommode des choses et de leur privation ; il passe même dans le parti des gens qui lui font la guerre, il entre dans leurs desseins et, ce qui est admirable, il se hait lui-même avec eux, il conjure sa perte, il travaille même à sa ruine ; enfin il ne se soucie que d'être, et pourvu qu'il soit, il veut bien être son ennemi. Il ne faut donc pas s'étonner s'il se joint quelquefois à la plus rude austérité, et s'il entre si hardiment en société avec elle pour se détruire, parce que, dans le même temps qu'il se ruine en un endroit, il se rétablit en un autre ; quand on pense qu'il quitte son plaisir, il ne fait que le suspendre, ou le changer, et lors même qu'il est vaincu et qu'on croit en être défait, on le retrouve qui triomphe dans sa propre défaite. Voilà la peinture de l'amour-propre, dont toute la vie n'est qu'une grande et longue agitation ; la

sea is its living image, and in the flux and reflux of its continuous waves there is a faithful expression of the stormy succession of its thoughts and eternal motions.

506   Passions are but different degrees of heat or cold in the blood.

507   In times of good fortune, moderation is but apprehension of the shame which follows excess, or a fear of losing what we have.

508   Moderation is like temperance in eating: we could eat more, but we are afraid of hurting ourselves.

509   Each one of us finds in other people the very faults they find in us.

510   Pride, as if tired of its artifices and its various metamorphoses, after having played all the characters of the human comedy by itself, exhibits itself with its natural face, and is discovered by haughtiness. So much so that we may truly say that haughtiness is but the spontaneous display and open declaration of pride.

511   The kind of temperament that bestows talent for small things is the opposite of that required for great ones.

512   One kind of happiness is to know how much unhappiness we have to face.

513   When we do not find peace of mind in ourselves, it is useless to seek it elsewhere.

514   We are never as unhappy as we think, nor as happy as we had hoped.

mer en est une image sensible, et l'amour-propre trouve dans le flux et le reflux de ses vagues continuelles une fidèle expression de la succession turbulente de ses pensées, et de ses éternels mouvements.

506	Toutes les passions ne sont autre chose que les divers degrés de la chaleur et de la froideur du sang.

507	La modération dans la bonne fortune n'est que l'appréhension de la honte qui suit l'emportement, ou la peur de perdre ce que l'on a.

508	La modération est comme la sobriété : on voudrait bien manger davantage, mais on craint de se faire mal.

509	Tout le monde trouve à redire en autrui ce qu'on trouve à redire en lui.

510	L'orgueil, comme lassé de ses artifices et de ses différentes métamorphoses, après avoir joué tout seul tous les personnages de la comédie humaine, se montre avec un visage naturel, et se découvre par la fierté ; de sorte qu'à proprement parler, la fierté est l'éclat et la déclaration de l'orgueil.

511	La complexion qui fait le talent pour les petites choses est contraire à celle qu'il faut pour le talent des grandes.

512	C'est une espèce de bonheur de connaître jusqu'à quel point on doit être malheureux.

513	Quand on ne trouve pas son repos en soi-même, il est inutile de le chercher ailleurs.

514	On n'est jamais si malheureux qu'on croit, ni si heureux qu'on avait espéré.

515   We often console ourselves for being unhappy with a certain pleasure we find in appearing so.

516   We would have to be able to answer for our fortune, so as to be able to answer for what we shall do.

517   How can we answer for what we shall want in the future, since we do not know precisely what we want now?

518   Love is to the soul of him who loves what the soul is to the body which it animates.

519   Since one is never free to love or cease loving, the lover cannot justly complain of his mistress's inconstancy, nor she of her lover's lightness.

520   Justice is only a lively apprehension that what belongs to us will be taken away. Hence comes consideration and respect for all the interests of our neighbour, and scrupulous application to do him no harm. This fear keeps man within the bounds marked out for him by birth or fortune; without this fear, he would constantly infringe on the rights of others.

521   Justice, in those judges who are moderate, is but a love of their position.

522   We blame injustice, not because we hate it, but because of the harm it does us.

523   When we are tired of loving, we are quite content if our mistress should deceive us, to release us from our fidelity.

515   On se console souvent d'être malheureux par un certain plaisir qu'on trouve à le paraître.

516   Il faudrait pouvoir répondre de sa fortune, pour pouvoir répondre de ce que l'on fera.

517   Comment peut-on répondre de ce qu'on voudra à l'avenir, puisque l'on ne sait pas précisément ce que l'on veut dans le temps présent ?

518   L'amour est à l'âme de celui qui aime ce que l'âme est au corps qu'elle anime.

519   Comme on n'est jamais en liberté d'aimer ou de cesser d'aimer, l'amant ne peut se plaindre avec justice de l'inconstance de sa maîtresse, ni elle de la légèreté de son amant.

520   La justice n'est qu'une vive appréhension qu'on ne nous ôte ce qui nous appartient ; de là vient cette considération et ce respect pour tous les intérêts du prochain, et cette scrupuleuse application à ne lui faire aucun préjudice. Cette crainte retient l'homme dans les bornes des biens que la naissance ou la fortune lui ont donnés ; et sans cette crainte, il ferait des courses continuelles sur les autres.

521   La justice, dans les juges qui sont modérés, n'est que l'amour de leur élévation.

522   On blâme l'injustice, non pas par l'aversion que l'on a pour elle, mais pour le préjudice que l'on en reçoit.

523   Quand nous sommes las d'aimer, nous sommes bien aises qu'on nous devienne infidèle, pour nous dégager de notre fidélité.

524 The first impulse of joy which we feel at the happiness of our friends arises neither from our natural goodness nor from friendship: it is the result of self-love, which flatters us with being lucky in our own turn, or in reaping something from the good fortune of our friends.

525 In the adversity of our best friends, we always find something which is not wholly displeasing to us.

526 How shall we hope that another person will keep our secret if we cannot keep it ourselves?

527 The blindness of men is the most dangerous effect of their pride; it seems to nourish and augment it, it deprives us of knowledge of remedies which can provide solace for our miseries and cure our faults.

528 We never have less reason than when we despair of finding it in others.

529 Nobody puts as much pressure on others as those who are lazy when they have satisfied their laziness, in order to appear industrious.

530 We have as much reason to complain about those who teach us to know ourselves as that Athenian madman had to complain about the doctor who had cured him of the opinion of being rich.

531 Philosophers, and Seneca above all, have not diminished crimes by their precepts, they have only used them in the building up of pride.

532 It is evidence of a lack of friendship not to perceive the growing coolness of our friends.

533 The wisest may be wise in indifferent and ordinary matters, but they are seldom so in their most serious affairs.

524   Le premier mouvement de joie que nous avons du bonheur de nos amis ne vient ni de la bonté de notre naturel, ni de l'amitié que nous avons pour eux : c'est un effet de l'amour-propre, qui nous flatte de l'espérance d'être heureux à notre tour, ou de retirer quelque utilité de leur bonne fortune.

525   Dans l'adversité de nos meilleurs amis, nous trouvons toujours quelque chose qui ne nous déplaît pas.

526   Comment prétendons-nous qu'un autre garde notre secret si nous ne pouvons le garder nous-mêmes ?

527   L'aveuglement des hommes est le plus dangereux effet de leur orgueil : il sert à le nourrir et à l'augmenter, et nous ôte la connaissance des remèdes qui pourraient soulager nos misères et nous guérir de nos défauts.

528   On n'a plus de raison, quand on n'espère plus d'en trouver aux autres.

529   Il n'y en a point qui pressent tant les autres que les paresseux lorsqu'ils ont satisfait à leur paresse, afin de paraître diligents.

530   On a autant de sujet de se plaindre de ceux qui nous apprennent à nous connaître nous-mêmes qu'en eut ce fou d'Athènes de se plaindre du médecin qui l'avait guéri de l'opinion d'être riche.

531   Les philosophes, et Sénèque surtout, n'ont point ôté les crimes par leurs préceptes : ils n'ont fait que les employer au bâtiment de l'orgueil.

532   C'est une preuve de peu d'amitié de ne s'apercevoir pas du refroidissement de celle de nos amis.

533   Les plus sages le sont dans les choses indifférentes, mais ils ne le sont presque jamais dans leurs plus sérieuses affaires.

534   The most subtle folly grows out of the most subtle wisdom.

535   Sobriety is the love of health, or an incapacity to eat much.

536   Each talent in men, like every kind of tree, has its properties and effects which are all particular to it.

537   We never forget things so well as when we are tired of talking about them.

538   Modesty, which seems to refuse praise, is only a desire to have it more delicately expressed.

539   Men only blame vice and praise virtue out of interest.

540   The praise bestowed upon us is at least useful in rooting us in the practice of virtue.

541   Approval given to intelligence, beauty and valour enhances them, perfects them, and makes them produce greater results than they could have achieved by themselves.

542   Self-love takes care to prevent him who flatters us from ever being him who most flatters us.

543   We make no difference between the various kinds of anger, even though there is that which is light and almost innocent, arising from warmth of complexion and temperament, and another which is very criminal, and, to speak properly, is the fury of pride.

544   Great souls are not those who have fewer passions and more virtues than ordinary souls, but those only who have greater designs.

534   La plus subtile folie se fait de la plus subtile sagesse.

535   La sobriété est l'amour de la santé, ou l'impuissance de manger beaucoup.

536   Chaque talent dans les hommes, de même que chaque arbre, a ses propriétés et ses effets qui lui sont tous particuliers.

537   On n'oublie jamais mieux les choses que quand on s'est lassé d'en parler.

538   La modestie, qui semble refuser les louanges, n'est en effet qu'un désir d'en avoir de plus délicates.

539   On ne blâme le vice et on ne loue la vertu que par intérêt.

540   La louange qu'on nous donne sert au moins à nous fixer dans la pratique des vertus.

541   L'approbation que l'on donne à l'esprit, à la beauté et à la valeur les augmente, les perfectionne, et leur fait faire de plus grands effets qu'ils n'auraient été capables de faire d'eux-mêmes.

542   L'amour-propre empêche bien que celui qui nous flatte ne soit jamais celui qui nous flatte le plus.

543   On ne fait point de distinction dans les espèces de colères, bien qu'il y en ait une légère et quasi innocente, qui vient de l'ardeur de la complexion, et une autre très criminelle, qui est, à proprement parler, la fureur de l'orgueil.

544   Les grandes âmes ne sont pas celles qui ont moins de passions et plus de vertu que les âmes communes, mais celles seulement qui ont de plus grands desseins.

545   Kings do with men as with coins: they make them bear what value they will, and one is forced to receive them according to their official value, and not at their true worth.

546   Natural ferocity makes fewer people cruel than self-love.

547   One may say of all our virtues as an Italian poet has said of the virtue of women: that it is often merely the art of appearing virtuous.

548   What the world calls virtue is usually only a phantom conjured by our passions, to which we give an honourable name, so that we can do with impunity what we want.

549   We are so biased in our favour that often what we take for virtues are only vices which resemble them, and which self-love disguises.

550   There are crimes which become innocent, and even glorious, by their brilliancy, their number and their excess; thus it happens that public robbery is called financial skill, and the unjust capture of provinces is called a conquest.

551   We never admit our faults except out of vanity.

552   One never finds in man good or evil in excess.

553   Those who are incapable of committing great crimes do not easily suspect them in others.

554   The pomp of funerals has more to do with the vanity of the living than the honour of the dead.

545   Les rois font des hommes comme des pièces de monnaie : ils les font valoir ce qu'ils veulent, et l'on est forcé de les recevoir selon leur cours, et non pas selon leur véritable prix.

546   La férocité naturelle fait moins de cruels que l'amour-propre.

547   On peut dire de toutes nos vertus ce qu'un poète italien a dit de l'honnêteté des femmes, que ce n'est souvent autre chose qu'un art de paraître honnête.

548   Ce que le monde nomme vertu n'est d'ordinaire qu'un fantôme formé par nos passions, à qui on donne un nom honnête, pour faire impunément ce qu'on veut.

549   Nous sommes si préoccupés en notre faveur que souvent ce que nous prenons pour des vertus n'est que des vices qui leur ressemblent, et que l'amour-propre nous déguise.

550   Il y a des crimes qui deviennent innocents, et même glorieux, par leur éclat, leur nombre et leur excès ; de là vient que les voleries publiques sont des habiletés, et que prendre des provinces injustement s'appelle faire des conquêtes.

551   Nous n'avouons jamais nos défauts que par vanité.

552   On ne trouve point dans l'homme le bien ni le mal dans l'excès.

553   Ceux qui sont incapables de commettre de grands crimes n'en soupçonnent pas facilement les autres.

554   La pompe des enterrements regarde plus la vanité des vivants que l'honneur des morts.

555   However uncertain and varied the world may seem, we still notice a secret chain and a regulated order of all time by Providence, which makes everything follow in due rank and fall into its destined course.

556   Intrepidity should sustain the heart during conspiracies, while valour alone provides it with all the firmness it needs for the perils of war.

557   Those who wish to define victory by her birth might be tempted to imitate the poets, and to call her the daughter of Heaven, since we cannot find her origin on earth. Truly she is produced from an infinity of actions which, instead of wishing to beget her, only look to the particular interests of their doers. All those who muster an army, for example, whilst aiming at their own rise in power and glory, actually produce a great and widespread good.

558   That man who has never been in danger cannot answer for his courage.

559   We put limits on our gratitude more easily than on our desires and hopes.

560   Imitation is always unfortunate, and all which is counterfeit displeases by the very things which charm us when they are natural.

561   We do not always regret the loss of our friends by the consideration of their merit, but by that of our needs and the flattering opinion they had of us.

562   It is very hard to separate the general goodness spread all over the world from great cleverness.

563   In order to be always good, others must believe that they can never be mean to us with impunity.

555   Quelque incertitude et quelque variété qui paraisse dans le monde, on y remarque néanmoins un certain enchaînement secret et un ordre réglé de tout temps par la Providence, qui fait que chaque chose marche en son rang et suit le cours de sa destinée.

556   L'intrépidité doit soutenir le cœur dans les conjurations, au lieu que la seule valeur lui fournit toute la fermeté qui lui est nécessaire dans les périls de la guerre.

557   Ceux qui voudraient définir la victoire par sa naissance seraient tentés, comme les poètes, de l'appeler la fille du Ciel, puisqu'on ne trouve point son origine sur la terre. En effet, elle est produite par une infinité d'actions qui, au lieu de l'avoir pour but, regardent seulement les intérêts particuliers de ceux qui les font, puisque tous ceux qui composent une armée, allant à leur propre gloire et à leur élévation, procurent un bien si grand et si général.

558   On ne peut répondre de son courage quand on n'a jamais été dans le péril.

559   On donne plus aisément des bornes à sa reconnaissance qu'à ses espérances et à ses désirs.

560   L'imitation est toujours malheureuse, et tout ce qui est contrefait déplaît avec les mêmes choses qui charment lorsqu'elles sont naturelles.

561   Nous ne regrettons pas toujours la perte de nos amis par la considération de leur mérite, mais par celle de nos besoins et de la bonne opinion qu'ils avaient de nous.

562   Il est bien malaisé de distinguer la bonté générale, et répandue sur tout le monde, de la grande habileté.

563   Pour pouvoir être toujours bon, il faut que les autres croient qu'ils ne peuvent jamais nous être impunément méchants.

564	To feel confident of being liked is often an infallible means of being disliked.

565	We do not readily believe what is beyond what we see.

566	The confidence we have in ourselves gives rise to most of the confidence we have in others.

567	There is a general revolution which changes taste in matters of thought, as well as the fortunes of the world.

568	Truth is the foundation and reason for perfection and beauty. A thing, of whatever nature, cannot be beautiful and perfect unless it is truly all that it should be, and unless it has all that it should have.

569	There are beautiful things that have more brilliance when left imperfect than when finished too much.

570	Magnanimity is a noble effort of pride, which makes a man master of himself, to make him master of all things.

571	Luxury and too refined a policy in states are a sure presage of their fall, because, with all individuals looking after their own interest, they turn away from the public good.

572	Of all passions, that which is least known to us is laziness. She is the most ardent and evil of all, although her violence is imperceptible, and the evils she causes concealed. If we consider her power carefully, we shall find that in all encounters she makes herself mistress of our sentiments, our interests, and our pleasures. Like the remora, she can stop the greatest vessels; she is a hidden rock, more dangerous in the most important matters than sudden squalls and the most violent tempests. The repose of laziness is a magic charm which suddenly suspends the most ardent pursuits and the most obstinate

564   La confiance de plaire est souvent un moyen de déplaire infailliblement.

565   Nous ne croyons pas aisément ce qui est au-delà de ce que nous voyons.

566   La confiance que l'on a en soi fait naître la plus grande partie de celle que l'on a aux autres.

567   Il y a une révolution générale qui change le goût des esprits, aussi bien que les fortunes du monde.

568   La vérité est le fondement et la raison de la perfection et de la beauté. Une chose, de quelque nature qu'elle soit, ne saurait être belle et parfaite si elle n'est véritablement tout ce qu'elle doit être, et si elle n'a tout ce qu'elle doit avoir.

569   Il y a de belles choses qui ont plus d'éclat quand elles demeurent imparfaites que quand elles sont trop achevées.

570   La magnanimité est un noble effort de l'orgueil, par lequel il rend l'homme maître de lui-même, pour le rendre maître de toutes choses.

571   Le luxe et la trop grande politesse dans les États sont le présage assuré de leur décadence, parce que, tous les particuliers s'attachant à leurs intérêts propres, ils se détournent du bien public.

572   De toutes les passions, celle qui est la plus inconnue à nous-mêmes, c'est la paresse ; elle est la plus ardente et la plus maligne de toutes, quoique sa violence soit insensible, et que les dommages qu'elle cause soient très cachés. Si nous considérons attentivement son pouvoir, nous verrons qu'elle se rend en toutes rencontres maîtresse de nos sentiments, de nos intérêts et de nos plaisirs ; c'est la rémore qui a la force d'arrêter les plus grands vaisseaux ; c'est une bonace plus dangereuse aux plus importantes affaires que les écueils et que les plus grandes tempêtes. Le repos de la paresse est un charme secret de l'âme qui suspend soudainement les plus ardentes poursuites et les plus opiniâtres

resolutions; in fact, to give a true notion of this passion, we must add that laziness, like a beatitude of the soul, consoles us for all losses and fills the vacancy of all our wants.

573   From several different deeds that fortune arranges as it pleases, we make several virtues.

574   We are very fond of reading others' characters, but we do not like to be read ourselves.

575   What a tiresome illness is that which forces you to preserve your health by a severe regimen.

576   It is easier to take love when you don't have it than to get rid of it when you do.

577   Women, for the most part, surrender themselves more from weakness than from passion; whence it is that bold and pushing men succeed better than others, although they are no more loveable.

578   Not to love is, in matters of love, an infallible means of being loved.

579   The sincerity which lovers ask of each other, so that they will know when they no longer love each other, arises much less from a wish to be warned when they are no longer loved than from a desire to be assured that they are beloved when nothing is said to the contrary.

580   The most just comparison of love is that of a fever: we have no power over either, as to its violence or its duration.

581   The greatest skill of the least skilful is to know how to submit to the direction of another.

résolutions; pour donner enfin la véritable idée de cette passion, il faut dire que la paresse est comme une béatitude de l'âme, qui la console de toutes ses pertes, et qui lui tient lieu de tous les biens.

573　De plusieurs actions différentes que la fortune arrange comme il lui plaît, il s'en fait plusieurs vertus.

574　On aime à deviner les autres, mais l'on n'aime pas à être deviné.

575　C'est une ennuyeuse maladie que de conserver sa santé par un trop grand régime.

576　Il est plus facile de prendre de l'amour quand on n'en a pas que de s'en défaire quand on en a.

577　La plupart des femmes se rendent plutôt par faiblesse que par passion ; de là vient que, pour l'ordinaire, les hommes entreprenants réussissent mieux que les autres, quoiqu'ils ne soient pas plus aimables.

578　N'aimer guère en amour est un moyen assuré pour être aimé.

579　La sincérité que se demandent les amants et les maîtresses, pour savoir l'un et l'autre quand ils cesseront de s'aimer, est bien moins pour vouloir être avertis quand on ne les aimera plus que pour être mieux assurés qu'on les aime lorsque l'on ne dit point le contraire.

580　La plus juste comparaison qu'on puisse faire de l'amour, c'est celle de la fièvre : nous n'avons non plus de pouvoir sur l'un que sur l'autre, soit pour sa violence ou pour sa durée.

581　La plus grande habileté des moins habiles est de se savoir soumettre à la bonne conduite d'autrui.

582   We are always afraid of seeing those whom we love when we have just been flirting with others.

583   We ought to console ourselves for our faults when we have strength enough to admit them.

résolutions; pour donner enfin la véritable idée de cette passion, il faut dire que la paresse est comme une béatitude de l'âme, qui la console de toutes ses pertes, et qui lui tient lieu de tous les biens.

573   De plusieurs actions différentes que la fortune arrange comme il lui plaît, il s'en fait plusieurs vertus.

574   On aime à deviner les autres, mais l'on n'aime pas à être deviné.

575   C'est une ennuyeuse maladie que de conserver sa santé par un trop grand régime.

576   Il est plus facile de prendre de l'amour quand on n'en a pas que de s'en défaire quand on en a.

577   La plupart des femmes se rendent plutôt par faiblesse que par passion ; de là vient que, pour l'ordinaire, les hommes entreprenants réussissent mieux que les autres, quoiqu'ils ne soient pas plus aimables.

578   N'aimer guère en amour est un moyen assuré pour être aimé.

579   La sincérité que se demandent les amants et les maîtresses, pour savoir l'un et l'autre quand ils cesseront de s'aimer, est bien moins pour vouloir être avertis quand on ne les aimera plus que pour être mieux assurés qu'on les aime lorsque l'on ne dit point le contraire.

580   La plus juste comparaison qu'on puisse faire de l'amour, c'est celle de la fièvre : nous n'avons non plus de pouvoir sur l'un que sur l'autre, soit pour sa violence ou pour sa durée.

581   La plus grande habileté des moins habiles est de se savoir soumettre à la bonne conduite d'autrui.

582   We are always afraid of seeing those whom we love when we have just been flirting with others.

583   We ought to console ourselves for our faults when we have strength enough to admit them.

résolutions ; pour donner enfin la véritable idée de cette passion, il faut dire que la paresse est comme une béatitude de l'âme, qui la console de toutes ses pertes, et qui lui tient lieu de tous les biens.

573 De plusieurs actions différentes que la fortune arrange comme il lui plaît, il s'en fait plusieurs vertus.

574 On aime à deviner les autres, mais l'on n'aime pas à être deviné.

575 C'est une ennuyeuse maladie que de conserver sa santé par un trop grand régime.

576 Il est plus facile de prendre de l'amour quand on n'en a pas que de s'en défaire quand on en a.

577 La plupart des femmes se rendent plutôt par faiblesse que par passion ; de là vient que, pour l'ordinaire, les hommes entreprenants réussissent mieux que les autres, quoiqu'ils ne soient pas plus aimables.

578 N'aimer guère en amour est un moyen assuré pour être aimé.

579 La sincérité que se demandent les amants et les maîtresses, pour savoir l'un et l'autre quand ils cesseront de s'aimer, est bien moins pour vouloir être averti quand on ne les aimera plus que pour être mieux assurés qu'on les aime lorsque l'on ne dit point le contraire.

580 La plus juste comparaison qu'on puisse faire de l'amour, c'est celle de la fièvre : nous n'avons non plus de pouvoir sur l'un que sur l'autre, soit pour sa violence ou pour sa durée.

581 La plus grande habileté des moins habiles est de se savoir soumettre à la bonne conduite d'autrui.

582   We are always afraid of seeing those whom we love when we have just been flirting with others.

583   We ought to console ourselves for our faults when we have strength enough to admit them.

582   On craint toujours de voir ce qu'on aime quand on vient de faire des coquetteries ailleurs.

583   On doit se consoler de ses fautes quand on a la force de les avouer.

© 2022, Par Quatre Chemins
La Nougarède, 30460 Vabres, France
www.editionsparquatrechemins.org

Impression : BoD – Books on Demand, Norderstedt, Allemagne

Dépôt légal : mars 2022

ISBN 978-2-9574048-2-7

6,95 €